新・入り婿侍商い帖

古米三千俵（三）

千野隆司

目次

主な登場人物

善太郎　角次郎の息子。角次郎より家督を譲られ、五月女家の当主になるが、隠居して縁戚の昌三郎に家督を譲る。羽前屋に入り婿する。

お稲　羽前屋の跡取り娘。火事で両親を亡くし、お万季が母親代わりとなった。善太郎と結ばれ、お珠をもうける。

角次郎　米問屋・大黒屋の主人。旗本五月女家の次男だったが、入り婿した。兄・角太郎が殺された事件をうけ、一度実家に戻り勘定組頭となったが、事件を解決し再び大黒屋へ。

お万季　角次郎の妻。書の天稟がある。

お波津　角次郎の娘。善太郎の妹。

銀次郎　日本橋高砂町の米問屋・打越屋の次男。変わり者で知られ、大黒屋に手代の見習に入った。

茂助　羽前屋の手代。もとは御家人の生まれで東軍流の柔術の心得がある。

嶋津惣右介　南町奉行所の定町廻り同心。角次郎とは共に赤石道場へ通った剣友同士。

お民　米問屋・澤瀉屋の主人の娘。銀次郎とは幼馴染で、大怪我を負った銀次郎の看病をした。

第一話　野分の痕

一

文化十三年（一八一六）八月末日、月のない夜だった。吹く風は冷たくて、庭木の梢や雨戸を小さく鳴らしていた。枯葉が舞い落ちてくる。

風の音以外には、何も聞こえない。野良犬も眠りに落ちているはずだった。

小僧の太吉は、小便をしたくて部屋を出た。温かい寝床から出て、風の冷たさに背中を丸めた。

京橋三十間堀町二丁目の小売りの米屋常総屋は、母屋の裏手に百俵ほど入れられる米蔵があり、その一角に四人いる小僧たちが寝起きする部屋があった。奉公人のための雪隠は、同じ敷地内の米蔵脇にある。

用を足すには、外へ出なくてはならない。

暗闇の中を歩いて、太吉は用を済ませた。目は覚め切っていないが、行き先を間違えたり、何かに蹴躓いたりすることはない。敷地の中は、目を閉じても歩けた。米蔵はまだ空っぽだが、米糠のにおいが残っている。太吉はそのにおいが好きだった。もうしばらくすると、新米が入荷してくる。

米蔵の戸に手をかけたとき、背後で微かな音がしたのが分かった。音は、敷地を囲む板塀の路地側からだった。どきりとして振り返ると、二つの黒い塊が、塀を乗り越えて入ってくるのが見えた。

初めは何か見当もつかなかった。二つの塊は母屋に近づいて、雨戸を一枚開けた。こそりとも音を立てなかった。

「ひっ」

出そうになった声を飲み込んだ。盗賊だと分かったからだ。それで眠気が、一気にすっ飛んだ。体が震え始めている。声を上げなくてはと思ったが、出なかった。出せばここにいることが知られて、殺される。

二人の賊は、太吉には気付かない様子で母屋の中へ入った。

少しして、建物の中で乱れた足音と、障子が破れるような音がした。

「うわっ」

という声も聞こえた。

「旦那さんの声だ」

掠れた声で呟いた。母屋の中で、とんでもないことが起こっている。

少し体が動いた。何かをしなくてはならないが、何をしたらいいか分からない。ただ恐怖があって、全身が震えた。それでも太吉は、盗賊たちが開けた雨戸のところまでどうにか近づいた。

恐る恐る中を覗くと、蠟燭の明かりが見えた。賊の一人が、火を灯した燭台を手にしていた。どちらも顔に布を巻いていた。

廊下に、人が倒れている。寝間着姿の手代だった。濃い血のにおいが、鼻を襲った。しかし指の先が動いている。死んではいないようだ。

主人の部屋の襖が開けられた。

「騒ぐな、金を出せ」

盗賊が、低いが腹に染みる声で言った。このとき主人は、先に金具のついた突棒を手にしていた。歯向かうつもりらしかった。蠟燭の明かりで、赤黒く歪んだ顔が見えた。

「くそっ」

主人は突棒を前に出した。力自慢で、恰幅(かっぷく)のいい体をしている。しかし盗賊の相手ではなかった。しかも突棒が長くて、室内では動きにくい。一方、手慣れた様子で匕首(あいくち)を手にした賊が飛び出してきて、主人の体にぶつかった。

「うわっ」

匕首が胸に刺さった。ただそのとき、握っていた突棒の先が襲った賊の腕を掠ったらしかった。賊の体も揺らいでいた。

刺さっていた匕首が抜かれると、主人の体から血が噴き出してそのまま倒れた。

「ひいっ」

とうとう太吉は、声を上げてしまった。噴き出る恐怖を、抑えられなかった。そのとき、賊の一人が顔を向けた。堪(こら)えようのない恐怖が、全身を駆け巡った。

このままでは殺される。そう思ったときには、開いていた戸から体を離して駆け出していた。裏木戸まで行って、もどかしい思いで閂(かんぬき)を外した。追いかけて来る気配はなかったが、路地に出て走った。

「盗賊だ。付け火だ」

という声が背後から聞こえた。足音も聞こえた。しかしそれにかまうゆとりはなかった。あまりに慌てていたからか、足が絡んで地べたに転がった。そのときに膝頭を何かにぶつけた。

あまりの痛さに、呻き声が出た。這って表通りに出た。

店の前は河岸道になっていて、三十間堀が流れている。闇でもそれは見えた。建物の中では、乱れた足音が響いている。ともあれ何か声を上げなくてはと考えたとき、店の表の戸が中から蹴破られた。

「わあっ」

太吉は悲鳴を上げた。そこから炎が噴き出したからだ。ほぼ同時に、二人の黒ずくめの男も飛び出して来た。

一人は中背で、もう一人は小柄だった。小柄の方は、顔に巻いた布が外れかけていた。火の粉がついたのか。

男は走りながら、その布を剝ぎ取った。太吉から、小柄な男の顔が炎に照らされてはっきり見えた。賊二人はそのまま走って、船着場へ出た。

そこには小舟が舫ってあった。

乗り込むと、艫綱を外した。がっしりした体の賊が艪を握り、京橋川方面に向かって漕ぎだした。常総屋の店は、音を立てて燃えている。炎の明かりが、去ってゆく舟の船尾を照らした。

船尾には、丸に『ゐ』の字の焼き印が捺してあるのが見えた。町の者たちが出てきた。慌てて飛び出して来たのだろう、皆が寝間着姿だった。

「消せっ。火を消せ」

「水だ。水を撒け」

口々に叫んでいる。三十間堀に逃げた賊に目を向けた者は、太吉の他にいなかった。隣家から飛び出して来た者が、力を合わせて消火を始めた。天水桶の水が、かけられた。川の水を汲んだ者もいた。延焼してはたまらない。

竜吐水も運ばれてきた。

火事は、常総屋の建物を半焼させたところで鎮火した。

翌朝の閏八月朔日、知らせを受けた南町奉行所定町廻り同心嶋津惣右介は、三十間堀町二丁目の常総屋へ赴いた。すでに土地の岡っ引きが、現場の検証を行っていた。

近くに寄ると、焼け焦げた材木のにおいが鼻を衝いた。

亡くなったのは中年の主人と、十九歳の手代だそうな。賊に歯向かって、刺されたらしかった。

体は一部焼けていたが、傷跡を確認できた。

生き残ったのは女房と十七歳になる若旦那、他に手代一人と小僧が四人だった。

番頭は通いだったので、出火を知ってから駆けつけてきた。

嶋津はまず、女房と跡取りから事情を聞いた。

「う、奪われたのは、二百二十四両です。新米を仕入れるために、数日かけて用意したものでした」

「なるほど」

この時季の米屋は、新米仕入れの直前で、支払金の用意をする。そこを狙われた。そういう商いの状況を知った上での犯行と察せられた。

「襲いそうな者はいるか。これまでに、店の様子を窺う者はいなかったか」

「さあ」

女房と跡取りは顔を見合わせた。女房は、泣き腫らした目をしている。驚きと悲しみ、怖れが顔に浮かんでいた。主人を殺され、大金を奪われた。家にも火をかけられた。

話をするのも、やっとといった様子だった。肩で息をしていた。

押し込んだ賊は、主人と手代を刺した後、夫婦の寝所の棚に置いてあった銭箱から金子を奪い取ったらしかった。その頃には、奉公人たちは起き出して声を上げていた。しかし二人が殺されたこともあって、賊に手出しをする者はいなかった。ただ叫び声で、近所の者も刺股や突棒を手にしてやって来た。賊は、用意していた油を店に撒いて火をつけた。

「店は、あっという間に、炎に包まれました」

女房は、声を震わせて言った。そしてまた溢れ出た涙を、袂で拭いた。

奉公人たちからも話を聞いた。手代は母屋に部屋を持ち、小僧は裏手の米蔵内にある一角で寝起きをしていたとか。

「すぐに気がついて、条吉さんが突棒を手に襲い掛かりました。でも賊は手慣れた様子で突棒を避けて」

あっという間だった。条吉とは殺された手代である。賊は蠟燭を手にしていて、これに火をつけていた。真っ暗ではなかった。残った手代は、恐怖で建物の外へ逃げ出して声を上げた。

米蔵にいた小僧たちは、その声で目覚めた。異変に気付いて建物に入ろうとしたが、体が震えて、すぐには母屋へ入れなかった。火の手が上がり、ようやく建物の中を覗いた。

その中で太吉という小僧だけは、事情が違った。先に問い質しをした岡っ引きによると、太吉は小便のために起きていて、二人の賊が板塀を越えて忍び込むところから見ていたというのだった。

太吉は怯え切っていて、初めは満足に話ができる状態ではなかったそうな。嶋津は米蔵の中で、二人だけになって問いかけをした。

水を飲ませて落ちつかせ、目を合わせて答えやすいところから聞いた。

「賊は、二人だったのだな」

「そ、そうです」

「主人が殺されるところを、見たのか」

「は、はい」

顔を歪めた。その折の恐怖が蘇ったらしかった。被せるようには問いかけず、また水を飲ませた。そして二人の体つきについて訊いた。一人は中背で恰幅がよかった。もう一人は小柄で、こちらが主人を匕首で刺した。建物の中を覗いたときには、すでに手代の条吉は刺されて倒れていた。さらに、主人を刺した方の小柄な賊は、主人が突き出した突棒で左腕に怪我をしたとか。

太吉は時々つかえつつ、思い出しながら話すので、これだけ聞き出すにも手間がかかった。

「声を上げ、気づかれたと思って逃げたわけだな」

「そ、そうです。でも、路地で転んじまって」

膝を擦り剝いていた。血が滲んで、固まりかけていた。

這いながら表通りへ出たところで、店の戸が内側から蹴破られ二人の賊と炎が飛び出した。小柄な方の賊の顔を見たというのだった。これは大きい。

太吉はさらに、手掛かりになる証言を口にした。

「逃げる舟の後ろに、や、焼き印が、ありました」

「どのようなものか」

「丸に『ゐ』の字が見えました」

「そうか。でかした」

これだけ聞ければ上出来だ。

「賊の一人の顔を見たことは、誰にも言うな。賊に伝われば、命を狙われる虞があるぞ」

そう告げると、太吉は目に涙を溜めて何度も頷いた。

賊の舟は、紀伊國橋（きのくにばし）を潜って北へ向かったとか。岡っ引きは目撃者を探したが、火事騒ぎで気がついた者はいないという。

手掛かりは、逃走の舟だ。岡っ引きには、この数日常総屋を探っていた者がいないか調べさせることにした。

中背と小柄な二人組の賊による押し込みは、二年前にもあった。九つ過ぎの深夜に襲い、歯向かう住人を殺して火を放つ極悪な者だ。同じ手口である。しばらく鳴りを潜めていたが、また江戸（えど）へ戻って来たのかと嶋津は考えた。

近所の住人からも話を聞いたが、消火に夢中で、何かに気づいた者はいなかった。

二

同じ日の朝、善太郎（ぜんたろう）は羽前屋（うぜんや）で、京橋三十間堀町の火付強盗の話を、やって来た客から聞いた。

深川今川町（ふかがわいまがわちょう）の羽前屋から京橋は遠いが、同じ米商いの店の話だから、他人事（ひとごと）とは思わずに聞いた。

「京橋だけでなく、八丁堀（はっちょうぼり）や霊岸島界隈（れいがんじまかいわい）でも、この話でもちきりですよ」

霊岸島の小売りの主人は言った。

「怖いですねえ。二人も殺めて金子を奪い、店に火をつけるなんて」

傍らで聞いていた女房のお稲が漏らした。

「まったくですよ。今はどこも新米仕入れのための金子を整えているところですからね、気をつけなくてはいけません。一日も早く、極悪な盗賊を捕らえてほしいものです」

顧客は、大仰に体をすくめて見せた。

羽前屋は、年に五千俵ほどを商う米問屋である。奉公人の数も小売りとは違うから、大勢いる。しかし油断はできなかった。極悪な者なら、何を企むか分からない。新米が動く時季には、米商いの店では大きな金子が動く。

「それにしても、今年は豊作のようで、何よりですね」

「まあ。いろいろなことがありましたが、何とかなりそうです」

顧客の言葉に、善太郎は頷いた。夏から豊作は予想されていたが、七月になって疫病が江戸で流行り、羽前屋の仕入れ先の村にも伝染した。一時は刈入れもできなくなるかと危ぶまれたが、善太郎は江戸の医者を伴って村へ向かい、快癒の道筋を拵えた。

それで疫病については一息ついたが、次は飛蝗に襲撃を受ける羽目に陥った。利根川流域で、空を覆うような飛蝗の大群に襲われ、豊作だった稲を食い潰される村が出た。善太郎が仕入れる村では、百姓を動かし、一部の田を焼くことで飛蝗の大群を防ぐことができた。

羽前屋は、仕入れ先の確保ができたのである。

「それにしても旦那さんが羽前屋に入られてから、初めての天災続きでしたね」

顧客が帰ったところで、久之助が言った。久之助は仕入れと出納を受け持つ一番番頭だ。

「まったくだ。冷や汗をかいたぞ」

善太郎は応じた。昨年の末まで、善太郎は家禄三百五十石の旗本五月女家の当主だった。しかし羽前屋の一人娘お稲と祝言を挙げて、五月女家の家督を譲って米商いの世界に身を投じた。

もともと善太郎は、本所元町の米問屋大黒屋の倅だったから、米商いについては関心を持っていた。好いて好かれたお稲と祝言を挙げ、婿として商いに関わることに不満はなかった。

勘定方に出仕していたから、算盤や帳付けは手慣れたものだった。

父の角次郎は、五月女家の次男に生まれて、本所元町の舂米屋大黒屋に婿に入った。角次郎は、間口二間半の小店を、年七千俵以上を商う大店にした。角次郎と善太郎は、親子二代にわたって武家から米商いの家の婿になったのである。羽前屋へ婿入るに当たってはいろいろあったが、今は丸く収まっている。お珠という娘も生まれた。

角次郎と羽前屋の先代主人恒右衛門とは、長きにわたって商いの面で手を携えてきた。二つの店の商い高を合わせると、一万二千俵を超える。本所深川の米商いの者ならば、知らない者のいない店になった。加えて二つの店は、資金を出し合って浅草瓦町に札差羽黒屋を置いていた。

大名の年貢米である藩米、その年貢の残りとして仕入れた商人米、そして幕府米を扱う札差を持ったことで、大黒屋と羽前屋は、安定した仕入れができる店として多くの小売りから信用を得ることができた。

「ただここまでくると、残っている古米の処分が重くなりますね」

久之助が言った。店脇にある倉庫には、昨年の米がほぼ満杯で入っている。これはもともと日本橋高砂町にある米問屋打越屋の米だった。大黒屋や羽前屋と親しい打越屋では、千二百石（玄米で三千俵）の古米を抱えていた。

若旦那の銀太郎が相場でしくじり、通常ではありえない在庫となってしまったのである。

このままでは、新米の仕入れができないところまで追い詰められた。その折も折、大黒屋の商売敵のせいで、銀太郎の命が奪われることになった。

大黒屋と羽前屋は、銀太郎への弔いの気持ちもあり、一石銀三十二匁という値で三千俵を買い取ったのだった。新米の豊作が予想される中で、古米の売れ行きは振るわなかった。損を覚悟で一石銀二十九匁までつけたが、売れた量は微々たるものだった。百俵に満たない量だ。

どこの店でも、多少の古米は万一に備えて備蓄するが、千五百俵はその限度をはるかに超えていた。

「では、ちと出かけてきます」

売り方を受け持つ手代の茂助が、善太郎と久之助に挨拶をすると店を出て行った。ここしばらく、抱えている古米の販売に当たっていた。新米の刈入れも間近に迫ったこの頃では、捨て値でなければ買い手はつかない。辛抱強い売り方をしていた。

茂助はもともとは武家の出で、東軍流の柔術を学んでいた。家が御家人株を売らねばならないほど困窮していて、侍の身分を失った。

同じ頃茂助の姉もゑとお稲が知り合いになり、その縁で茂助は羽前屋で、手代として奉公をするに至った。もゑは、五月女家の縁者だった勝田昌三郎と祝言を挙げ、夫婦は五月女家を継いでいる。

善太郎は、商いの打ち合わせのために大黒屋へ向かった。角次郎の兄角太郎一家が不慮の事故で亡くなって、善太郎は五月女家に入ったが、それまでの少年時代を大黒屋で過ごした。たくさんの思い出がある場所だった。

店の敷居を跨ぐと、二つ下の妹お波津が、百文買いの客の相手をしていた。近所の裏長屋の女房と世間話をしている。

大黒屋は問屋だから、本来ならば小売りはしない。しかし春米屋から始めた稼業だから、その初心を忘れないために、百文で買う客の相手もした。その役目を果たすのが、お波津だった。

お喋りをすることで、町の様子や、米を求める者たちの折々の気持ちが分かる。お波津は、これで商人としての嗅覚を養ってきた。

店の奥には、角次郎と一番番頭の直吉がいて、商い帖を広げて何か話をしていた。

「銀次郎の具合は、いかがですか」

善太郎は帳場に腰を下ろすと、角次郎に問いかけた。

「だいぶいいようだ。力仕事は無理だが、そろそろ帳場には出られるのではないか」

「それは何より」

銀次郎は打越屋の次男坊で、実家でしくじりを犯し大黒屋で修業のやり直しをしていた。帖付けだけはよくできたが、米俵も担えず、満足な客あしらいもできなかった。ろくに頭も下げられない。大黒屋で鍛え直して、今では一人前の商人といえるまでになった。

先日、打越屋に目をつけた悪党から襲撃を受け、背中に大怪我を負った。一時は被害に遭った汐留川河岸に近い澤瀉屋という米問屋で治療を受けたが、今は大黒屋で養生をしていた。

「お波津は、よく面倒を見ていますよ」

茶を運んできた母のお万季が言った。

「二人で何かをすることは、多かったですからね」

善太郎は応じたが、少し寂しい気持ちになった。

銀次郎は、新米の仕入れが終わる今月末には、大黒屋を出て行く。跡取り銀太郎を失った打越屋へ戻るのだ。主人銀兵衛の後を継いで、打越屋を支えていかなくてはならない。

銀太郎が亡くなる前までは、銀次郎はお波津と祝言を挙げて、大黒屋に残る話になっていた。しかし打越屋を継ぐとなれば、銀次郎とお波津は祝言を挙げられない。お波津は婿を取って、大黒屋を継がなくてはならないからだ。

お波津は銀次郎を好いている。銀次郎もまんざらではないのは明らかだ。けれども二人は添うことはできないと腹を決めて、接するようになった。お波津が看病に熱を入れるのは、これを最後と、気持ちに踏ん切りをつけるためだと善太郎は感じていた。

「いよいよ刈入れが始まりますね」

「ええ。仕入れ先の村から、そういう文が届きました」

善太郎の言葉に、直吉が受けた。

「いよいよ古米は、捨て値で売るしかないのでしょうか」

つい弱気になって、善太郎は言った。

大黒屋と羽前屋には、合わせて三千俵近い在庫があると一部の者には知られていた。だから足元を見て、一石を銀二十匁で売らないかと言ってくる商人もあった。ここまできたら、その値で手放すのも仕方がないかと考えたのである。

「ごめんなさいまし」

そこへ歳の頃二十代後半とおぼしい番頭ふうが、敷居を跨いで入ってきた。「いらっしゃいませ」と店にいた小僧たちの声があがった。

「私は花川戸町の杵屋から参りました、番頭の作造という者でございます」

物腰こそ丁寧だが、どこか崩れた荒んだ気配を善太郎は感じた。

「どのようなご用で」

直吉が相手をした。

「こちら様には、昨年の米が大量にあると聞きまして、それで伺いました」

「ほう」

「百俵ほど、分けてはいただけないでしょうか」

誰も顔には出さないが、これは大黒屋には驚きの申し出だった。好都合な話と言っていい。

ただ問題は値だ。直吉は胸の内を窺わせない表情で、次の言葉を待った。

「一石で、銀十匁でいかがでしょうか。新米の入荷時期ですので、古米の値も下がっております。精いっぱいの値をつけさせていただきました」

慇懃な口ぶりだが、こちらを侮っていると感じた。今は銀二十匁前後が相場だが、新米が入り始めれば、さらに値下がりをする。百俵まとめて買うということで、捨て値と言っていい数字をつけてきたのだ。

「それはちと」

直吉は、角次郎には目を向けることもなく返した。売る気はないと伝えたのである。

「さようですか。残念でございますなあ。もしご用がおありの節は、ご相談をくださいませ」

そう言い残すと、作造と名乗った番頭は引き上げて行った。

「ふざけたやつですね」

「まあ、ああいう者は現れるだろう」

善太郎の腹立ちまぎれの言葉に、角次郎が返した。

打ち合わせを済ませた善太郎は、両国橋(りょうごくばし)を西へ渡った。古米を売らなくてはならない。茂助にだけ任せておくわけにはいかないという気持ちだ。

両国広小路(ひろこうじ)で、読売売りが呼び声を上げていた。昨夜の三十間堀の盗賊に関する読売だった。

善太郎は一枚買った。『恐るべき盗人(ぬすっと)ども』という大文字が躍っていて、建物が燃える絵が描かれていた。早速記事に目を通した。

主人と手代の二人が殺され、二百両あまりが奪われた。賊は二人組で、盗みをした後は火をつけて、舟で逃げたと記されていた。それ以外の手掛かりは何もないそうな。

「せめて一人くらい、盗人の顔を見た者はいないのかねえ」

読売に目を通しながら、そんなことを口にした者がいた。町奉行所では探索に当たっているが、これからのことは分からない。『各店では　ご用心が肝要』という言葉で締めくくられてあった。

三

嶋津は、小僧太吉から聞いた賊が逃走に使った舟を捜していた。自前の舟とは思えない。盗んだものだと見当をつけた。

小型で船尾に『ゐ』の字の焼き印があるものだ。荷船ではない。どこかの船宿のものか、あるいは人を乗せる猪牙舟（ちょきぶね）あたりだろうとの判断である。

三十間堀を北に向かい、紀伊國橋と真福寺橋（しんぷくじばし）を潜ると、堀は三方に分かれる。左折すれば京橋川、右折すれば八丁堀、そのまま進めば楓川（もみじがわ）だ。京橋川は進めば城の堀へ出る。楓川は日本橋川に出るが、八丁堀へ行けば江戸の海に出る。

「逃げるならば、海だろう」

どこへでも行ける。ただそうなると、捜す範囲は広くなる。しかも夜半のことになるから、目撃者を捜すのは難しい。またそれらしい舟を見かけた者がいても、暗がりの中で焼き印にまで目を向ける者はいないだろう。小僧の太吉が見ることができたのは、店を焼く炎があったからだ。

目撃者を捜すよりも、丸に『ゐ』の舟の持ち主を捜す方が早そうだった。まず三十間堀河岸で、船着場にいる船頭や荷運び人足らに問いかけた。

「船尾に、屋号の焼き印を捺す舟は少なくありませんがね、丸に『ゐ』というのは、見かけませんね」

客待ちをしていた猪牙舟の船頭が言った。

「いちいち船尾の焼き印になんて、目をやりませんからね」

「まったくだ」

尋ねた人足たちは、首を振るばかりだった。そこで楓川河岸や八丁堀河岸へ移って問いかけをした。

行きすぎる荷船や人を乗せた舟は多い。停めて問いかけをしたが、こちらが望む返答は、得られなかった。

「どこかで見た気がするが」

鉄砲洲稲荷の近くでそう言った船頭がいたが、どこの舟かは分からなかった。見た場所は深川あたりだと言ったが、はっきりした場所は思い出せなかった。

「もしかしたら、神田川だったかもしれねえ」

とやられたら、話はまったくあてにならなくなる。目にしたのは数日前だというから、違う屋号の焼き印と勘違いしたかもしれなかった。

霊岸島から、大川河岸へ入った。

永代橋が高く聳えて見える西河岸の船着場で、たむろをしていた人足に尋ねた。そう遠くないところで、群れた海鳥が鳴き声を上げていた。

「ああ、そういえば」

ここでは二人が、焼き印を見たことがあると言った。新大橋下の船着場にも、『ゐ』の焼き印を見た者がいた。自信のある口ぶりだった。とはいえ、皆どこの舟かは分からない。

三十間堀で使うつもりならば、離れた大川の上流で奪う方が、後で捜しにくいと考えるだろう。問いかけをする張り合いになった。

「その焼き印ならば、どこのものか知っていますよ」

両国橋下の船着場にいた初老の船頭が、丸に『ゐ』の焼き印のある舟の持ち主を知っていた。

「浅草三好町の丸池屋の舟です」

「そうか」

満足のゆく答えが得られて、声が高くなった。丸池屋は人を乗せて運ぶ舟を十艘ばかり持っていて、大川周辺や吉原を行き来して商いをしているのだとか。

嶋津はすぐに、丸池屋へ向かった。御米蔵に沿った道を北に急ぐ。広大なお米蔵の先に、三好町があった。大川は両国橋を潜って北へ行くと、浅草川と呼ばれる。丸池屋は、その浅草川の西河岸にあった。

荷を積んだ大型船が、ゆっくりと川を下ってゆく。秋の日差しが、川面を照らしていた。陽だまりを歩くと暑いくらいだ。

丸池屋はすぐに分かった。屋号を記した古い木看板が立っていた。広めの船着場があって、今は小舟が一艘あるだけだった。船尾を確かめると、確かに丸に『ゐ』の焼き印が捺してあった。

店を兼ねた住まいは、どうということもないしもた屋だ。四、五人が住む程度の大きさで、船頭は通いでやって来る様子だった。

「おい」

声をかけると、現れたのは額の広い日焼けした五十男だった。定町廻り同心の訪れに驚いたらしいが、すぐに丸池屋の主人だと名乗った。

「ここの舟を誰かに貸したか、それとも盗まれてはいないか」

「盗まれました。今朝起きたら、ありませんでした」

怒りのこもった声で言った。昨夜は縄で杭につないだが、切られていた。艪は入れていなかったので、盗んだ者が持って来たのだろうと付け足した。

もちろん、返されてはいない。

「すると昨夜のうちに、盗まれたわけだな」

「そうです」

賊はここで船を奪って、三十間堀へ出たことになる。夜半の犯行だ。明かりなどつけなかったと思われるが、舟の扱いには慣れた者の仕業だと思われた。夜目も利くのだろう。

「舟の異変に、気づいた者はいなかったのだな」

「近所で、誰か見た者はいないか訊きましたが、ありませんでした」

商売用の舟である。奪われてそのままにしているわけはなかった。朝のうちに、近所を回ったそうな。

舟を奪った賊は逃走に使い、おそらくどこかへ乗り捨てた。ならばそれを捜さなくてはならない。これも大変な仕事だ。広い浅草川に目をやる。目につくところだけでも多数の舟が舫(もや)ってあった。

「今、八艘の船が出ていて商いをしていますが、船頭たちには、盗(と)られた舟がどこかに捨てられていないか、捜せと伝えています」

しかしあったという知らせは来ていない。

「分かった。おれの方でも捜そう」

嶋津は南町奉行所へ戻って、与力に報告した。そして定町廻り同心を通して、そういう捨て舟があったら知らせるようにと、各町の岡っ引きに伝えてもらうことにした。嶋津やその手先だけでは、手に負えない。

付け火をした盗賊である。町奉行所でも、大事件として捉(とら)えていた。乗り捨てた場所が分かれば、盗賊の足取りを摑(つか)めるのではないかと期待した。

四

夕刻前、善太郎は浜町(はまちょう)河岸近くにいた。界隈(かいわい)の小売りを歩いたが、古米は売れなかった。一石が銀二十匁より上で買おうという店は、一軒もなかった。

今日大黒屋にやって来た杵屋という店の番頭は、一石を銀十匁でどうかと言った。そこまではいかないにしても、小売りでも銀十五、六匁の値がつけられた。損切りは覚悟の上だが、話にならない数字だった。

「それよりも、新米はいかがですか。それならば、喜んで仕入れさせていただきますよ」

とやられた。

日本橋高砂町には打越屋がある。立ち寄ってみることにした。羽前屋の仕入れ先の村と、打越屋の仕入れ先の村は隣接しているので、村の様子などを聞いてみるつもりだった。

打越屋の建物は重厚で、間口も広い。ただ商いに勢いがなく、仕入れに窮する状況もあったが、界隈では老舗の米屋として通っていた。来月になれば、銀次郎も戻るから、店は活気づくだろうとは予想していた。

もともと関東米穀三組問屋の株を持った店である。江戸の商人米を扱う中心になる問屋のみが、その株を手に入れることができた。格式のある店として、他と比べ物にならない信用を得て、他の米問屋とは別格に扱われた。

主人の銀兵衛は、古米を売った責を感じていて、大黒屋にも羽前屋にも力添えをしたいという気持ちを持っていた。

敷居を跨ごうとすると、身なりのいい商家の主人が引き上げるところだった。間近で目が合った。

「これはこれは、羽前屋さん」

向こうが先に善太郎に気がついて、声をかけてきた。京橋金六町の米問屋澤瀉屋の主人松右衛門だった。身につけているものはすべて極上品で、風格のある外見だ。汐留川河岸に店があり、襲われた銀次郎が世話になった。

善太郎は銀次郎の見舞いに行ったときに顔を合わせて挨拶をした。

「その節は、お世話に」

善太郎は丁寧に頭を下げた。澤瀉屋も関東米穀三組問屋の株を持っている。

「では失礼を」

笑顔で答礼をした松右衛門は、何かを話すわけでもなく、引き上げて行った。上機嫌といった表情だった。

「澤瀉屋さんは、よくお見えになるのですか」

店の奥の帳場で向かい合った善太郎は、銀兵衛に問いかけた。軽い前置きのような気持ちだった。

「まあ、たまには。今日は、商いの話ではありませんでした」

「さようで」

ならば自分は、関わってはいけない。黙っていると、銀兵衛が口を開いた。

「銀次郎に縁談を持って見えたのですよ」

「…………」

銀次郎が打越屋に戻ることが明らかになって、縁談が持ち込まれたという話は前にも聞いたが、澤瀉屋からというのは驚きだった。澤瀉屋の娘お民(たみ)には、好いた男がいるらしいとお稲から聞いていた。

兄の銀太郎が亡くならなければ、銀次郎は大黒屋の婿になるところだった。それが流れたのは、善太郎にとっても残念だが、口には出さない。

打越屋に来る縁談としては、悪い話ではない。澤瀉屋は扱い高も多く、繁盛している店だ。場合によっては、資金の援助もしてもらえるかもしれない。

「お民さんが、望んだのでしょうか」

銀次郎の看病を、お民は親身になってしていたと聞いている。ただそれと祝言を挙げようという気持ちは別だろう。

「そうではないらしいですね。松右衛門さんが、望んだようです」

「商人として、気に入ったのでしょうか」

それならば松右衛門の人を見る目は、間違っていない。澤瀉屋で療養をしていたとき、銀次郎とはいろいろと話をしただろう。

「どうでしょうね」

銀兵衛は、腑に落ちない顔だった。

「うちの商いは、うまくいってはいません。それは分かっていると思いますが」

それをわざわざ向こうから、人を介することもなく主人が直に話に来るのはおかしいというのだった。善太郎は店の入り口で出会ったときの、上機嫌な松右衛門の笑顔を思い出した。

「お民さんは、承知をしているわけですね」

「ええ、そういう話でした」

何であれ、自分が意見を言える話ではないと善太郎は思った。ただ銀兵衛は迷っている。これまでにも銀次郎への縁談はあったが、すべて聞き流していたと角次郎から聞いていた。今回は、迷うだけの利点があるのだろう。

「良縁ではないですか」

善太郎は、一応そう返した。松右衛門が乗り気なのは大きい。

「銀次郎には、話してみようと思いますが」

それから、新米の入荷とその後の販売について話をした。


羽前屋へ戻った善太郎は、澤瀉屋が持ち込んだ縁談についてお稲に告げた。

「打越屋にとっては、良縁には違いないが」

「それはそうでしょうけど」

話を聞いたお稲は、浮かない顔をした。

「お民さんには、好いた相手がいるという話だな」

お波津が、お民と若旦那（わかだんな）ふうが会っているところを見たらしい。その話を、お稲はお波津から聞いたのである。

「はい。そういう相手がいたら、お民さんは簡単には縁談を承諾しないのでは」

「それはそうだが、親に言われたら、断れないということもあるだろう」

「まあ、そうですけど」

お稲は善太郎と添うことを望んでいたが、旗本家の跡取りではどうにもならぬと一時あきらめた。しかし他の者と祝言を挙げることは頑として受け入れなかった。

お民も、嫌ならば断れる立場にある。しかも好いた相手がいるとするならば、縁談の承諾は、お民の本心なのかとますます疑問に感じたらしかった。

「お民さんの相手というのは、どこか荒んだ気配のある人だったと、お波津さんは言っていました」

何かを確かめたわけではない。あくまでもちらと見ただけの印象だ。しかし女の勘といったものはある。

「お波津は、その話を銀次郎に話したのか」

「話しては、いないでしょう。余計なお節介になります」

では松右衛門は知っているのだろうかと、善太郎は考えた。知っていて縁談を持ち込んだのならば、何か裏がありそうだ。

「縁談が進むかどうかは、分かりませんね。打越屋さんや銀次郎さんが決めることですから」

「そうだな」

口出しをするつもりはなかった。

暮れ六つの鐘が鳴った後で、古米売りに出ていた茂助が帰ってきた。冴えない顔で頭を下げた。

「売れたのは、二俵だけでした」

それでもまったく売れずに戻った善太郎より、はるかにましだった。

羽前屋にとっては、古米の処分が喫緊の課題だった。番頭の久之助は、新米の受け入れ態勢を整えている。そちらに問題はなかった。

五

次の日もお波津は、百文売りの客の対応をした。日に三、四人はやって来る。半刻近く、亭主や嫁の愚痴を聞かされることもあった。銀次郎との祝言を、真顔で勧められることもあった。

けれども近頃では、そういうこともなくなった。銀次郎は実家へ帰って嫁を取るという話が、徐々に界隈に広がったからである。

「きっといい人が、現れるよ」

という話になった。事実、同業の家から、縁談が持ち込まれるようになった。

「働き者の、使える若い者がいるのですがね」

といった塩梅だ。今の大黒屋ならば、望む者はいくらでもいる。しかし角次郎とお万季の眼鏡にかなわなくてはいけない。

二人のもとにも話は来ているようだが、お波津に勧めることはしなかった。銀次郎が大黒屋にいる間は、しないつもりらしかった。

銀次郎は、順調に回復してきていた。寝床で上半身を起こして話や食事ができる。背中の痛みは、何もしなければ感じない様子だった。雪隠にも一人で行ける。世話を焼くことが少なくなった。それがちと寂しい。

百文買いの客と、たわいもない話をしてから、お波津は銀次郎の寝間着や下帯の洗濯を始める。井戸で釣瓶を引いて、盥に水を汲んだ。腕まくりをし、襷をかけて洗い物を水につける。

衣類には、銀次郎のにおいが染み込んでいた。

澤瀉屋から大黒屋へ移ってきてからは、銀次郎の世話はお波津がしてきた。背中の傷には、毎日医者から貰った軟膏を塗り布を新しいものに替える。その手当てを始めて、お波津には大きな驚きがあった。

刃物傷については覚悟をしていたが、銀次郎の背中にはもう一つ古い傷痕が残っていた。

「これはどうしたの」

指でなぞりながら尋ねた。

「火傷をしたのさ。子どもの頃に、花火をしていて」

大きな痕になっている。よほどの火傷に違いない。けれどもお波津は、こんなものが銀次郎の背中にあったとはまったく知らなかった。銀次郎が口にしなかったからだ。奉公人たちは、一緒に湯屋へも行くから見ていたかもしれないが、お波津には伝えられなかった。

「子どもの花火で、どうしてこんなことに」

「私がぼんやりしていたからね」

恥ずかしそうに言ったのは、銀次郎らしかった。ただそこで、どきりとした。お民の顔が頭に浮かんだ。

お民は銀次郎が大怪我をして澤瀉屋へ運ばれたときから、この火傷の痕を目にしていたことになる。銀次郎のことはあきらめたつもりだが、嫉妬に似た気持ちが胸の奥に芽生えた。

とはいえお民には、好いた相手がいる。二人が会う場面を、お波津は目撃していた。問うことはしていないが、お民が好意を持っているのは間違いなかった。

ならば銀次郎の看病には、幼馴染としての気持ちはあっても、恋情はなくあたっていたと思う。ただ、銀次郎とお民が、どういう間柄だったのか気にはなった。

洗濯した衣類を物干しに干す。正午前の日が当たって、わずかに輝いているように見える。干した洗濯物を見るのは、気持ちがよかった。秋の空に、ぽっかりと白い雲が浮かんでいる。

店へ行くと、打越屋銀兵衛が来ていて角次郎と話をしていた。
二、三日に一度、銀兵衛か女房、あるいは二人で、手土産を持って銀次郎の見舞いに顔を見せた。銀兵衛は銀次郎と会う前に、奥の部屋で少しばかり角次郎やお万季と話をする。
そこで銀兵衛は、銀次郎に縁談が来ていることを口にした。善太郎には昨日話したらしいが、まだ大黒屋へは伝えられていなかった。

お波津は茶菓を運んで廊下へ出たところだった。そのまま台所へ行けなくて、廊下で聞き耳を立てた。

「その相手というのは、澤瀉屋さんのお民さんなんですよ」

「まあ」

お万季が小さな声を上げた。驚きがあった。もちろんお波津も、仰天した。

お民には好いた相手がいる。それなのに打越屋へ嫁入るという話だ。だとすると、あの若旦那ふうとのことは、決着がついたのか。気になるのはそこだった。

「うちにとっては、悪い話ではありません」

銀兵衛が言った。縁戚となれば、資金援助も受けられる。これは今の打越屋には大きいだろう。

「商いの力になりますね」

角次郎が返した。戸惑いはあるだろうが、それを感じさせない言い方だった。お波津はお万季に、お民が若旦那ふうと会っていたという話をしたことがある。角次郎はその話を聞いているかもしれない。

とはいえ、米商いの家の者同士が祝言を挙げる話は、珍しくない。商いの事情が分かるから、かえって望まれる。

「向こうから、わざわざ松右衛門さんがおいでになったので魂消ました」

「乗り気なわけですね」

「そうなのですがね。どうも気にかかります」

「何がですか」

銀兵衛は、ややためらう様子を見せてから口を開いた。

「うちの商いは、決していいわけではありません」

同業ならば、商いぶりを見ていれば、おおよそは分かるはずだ。それでも嫁に出したいというのには、何かわけがあるのではないかと銀兵衛は勘ぐっている。

「…………」

「なるほどねえ」

角次郎は返したが、それについて何か意見を言ったわけではなかった。澤瀉屋にどのような思惑があるかなど、見当もつかない。

ただお波津は、船着場でお民が会っていた若旦那ふうが、この話に関わりがあるのではないかと感じた。

「お民さんは、承知をしているのですか」

お万季の問いかけに、銀兵衛が答えた。

「そうらしいです」

お民が承知をしたとしても、本意かどうかは分からない。あの若旦那には、荒(すさ)んだ気配があった。その相手とうまくいかない何かがあって渋々の承諾ならば、お波津としては面白くない。

銀次郎は早晩、自分以外の誰かと祝言を挙げる。それは仕方がないが、穢(けが)れのない相手にしてほしかった。

銀兵衛が見舞うと、銀次郎は随分回復してきているようだった。

「お波津さんには、手をかけさせてしまいました。でももう、大丈夫ですよ。明日にも、帳場に出してもらおうと思っています」

米俵は運べないが、帖付けや算盤なら弾けると銀次郎は言った。

「寝ているのは、飽きましたよ」

明るい顔なので、銀兵衛は安堵した。新米の仕入れに関する話をした。それから、お民との縁談について話題にした。

勧めたわけではなかったが、ひとまず本人に伝えておきたかった。不審な点はあるにしても、良縁だという気持ちは大きかった。お民に、不満があるわけでもない。怪我の折には、親身な世話をしてくれた。

気持ちは揺れている。

「はあ、そうですか」

聞いた銀次郎はちと驚きの目をした後で、困惑気味の顔になった。嬉しそうでないのは、銀兵衛にも分かった。

六

お波津は銀次郎に昼食をとらせた後で、大黒屋の店を出た。向かった先は、汐留川河岸の京橋金六町である。汐留川には多数の荷船が行き来している。荷下ろしの人足の掛け声が響いて、界隈には活気があった。人の動きも絶えることなくある。澤瀉屋の藍染の日除け暖簾に、昼下がりの日差しが当たっていた。

お波津は、銀次郎とお民の縁談が気になった。銀兵衛が強く勧めれば、銀次郎は断らないだろう。どうなるかは分からないが、お民とあの若旦那に問題があるならば、早いうちに明らかにしておく必要があると考えた。

店からやや離れた柳の木陰に、お波津は立った。

澤瀉屋へは何度も通ったので、家の者はもちろん奉公人はすべてと顔見知りだった。怪しまれたくはなかった。

とはいえ誰かに尋ねなくては、話は進まない。尋ねやすい奉公人が出てくるのを待った。

店はそれなりに客の出入りがあった。客が入るたびに、「いらっしゃいませ」の声が聞こえた。小僧たちの声の大きさは、大黒屋のそれに劣らない。

出かけていたらしいお民が、店に帰ってきた。屈託のない表情に見えた。ただお波津は、お民に直に問いかけをするつもりはなかった。

しばらくして、見覚えのある十六、七歳の小僧が、店脇の路地から小振りな荷車を引いて出てきた。米俵を二つ載せていた。配達に出かけるらしい。これをつけることにした。

小僧が行った先は、二つ先の町の舂米屋だった。空になった荷車を引いて戻るところで、お波津は声掛けをした。

「おや、あんた澤瀉屋さんの人だね」

ばったり会ったような顔で、声掛けをした。

「へえ、そうです」

小僧は、お波津の顔を覚えている様子だった。頭を下げて応じた。

「たいへんだねえ」

と言ってから、通りかかった蕎麦の屋台を指さした。

「一緒に食べないかい。御馳走するから」

小僧は、いつも腹を空かせている。案の定ついて来たので、二人で並んで、かけ蕎麦を啜った。少しばかりどうでもいい話をしてから尋ねた。

「お民さんは、きれいな人だねえ。いい人がいるんじゃないの」

「さあ」

小僧は首を傾げた。蕎麦の代を損した気がしたが、さらに訊いた。

「お民さんと親しくしている人は」

「ええと、荒物屋の娘さん」

小僧は、汁をすべて飲み干してから言った。袖で口を拭った。

澤瀉屋から四軒離れた店だそうな。蕎麦を食べ終えたところで小僧と別れ、荒物屋へ行った。ここは間口二間の小さな店だった。

しばらく様子を見ていると、お民と同じくらいの歳の娘が出てきた。低い鼻が、空に向いている。

「あのう」、

と声をかけた。餅網一枚を買ってから、問いかけた。

「澤瀉屋のお民さんとは、親しいそうですね」

「ええ、まあ」

いきなり何だ、という顔を向けてきた。餅網は買ったが、これで客ではなくなった。

「私は米商いの家の者でして」

嘘はついていない。

「はあ」

「お民さん、近頃どうも様子がおかしくて。好いた人でもいるみたいな」

軽い口調にしていた。同業の家の娘の色恋沙汰（ざた）が、気になるという言い方だ。

「あの人、もてるのよねえ」

と、羨（うらや）ましがる口調で付け足した。

「でも、いいことばかりではなさそう」

同情している言い方ではなかった。

「そりゃあそうだろうけど」

「あの人、ちょっと振り回されているでしょ」

「ああ、あの若旦那（わかだんな）ね」

少しは事情を知っている口調にした。

「そうよ」

目の前の娘は、お民と親しくはあるし案じてもいる様子だが、どこか楽しんでいる気配も感じた。

「二枚目だしねえ」

　これは羨む言い方だ。

「まったく」

　話を聞くときは、相手の言うことには逆らわない。

「どうなることか、ひと揉めあるんじゃないかねえ」

「ええと、どこの米屋の若旦那でしたっけ」

　体つきからして、米屋とか酒屋あたりだと見当がつく。若旦那でも、俵や樽を担わせられるから、体格は悪くない。

「北紺屋町の、若狭屋じゃあないか」

「ああ、そうだった」

　娘の口ぶりでは、お民は若狭屋の若旦那とは切れていない。しかしこれだけ聞ければ、充分だった。

　北紺屋町は、京橋や八丁堀などにあるが、分かっているふりをした以上、念押しはしなかった。

　荒物屋を出たお波津は、まず京橋川北河岸の北紺屋町へ向かった。若狭屋がなかったら、八丁堀へ行く。

北紺屋町は、京橋川とお城の堀がぶつかる角にある。鍛冶橋御門に近いあたりだ。京橋川に架かる比丘尼橋を北に渡り終えると、すぐに重厚な建物が目に入って、屋根にある木看板に『若狭屋』の文字が見えた。

この辺りも、賑やかな場所だ。町人だけでなく、武家の姿も少なくなかった。荷車や辻駕籠が、いくつも行き交ってゆく。堀端には、湯茶や甘酒を飲ませる屋台店も出ていた。

若狭屋は、間口七間の大店で繁盛をしている様子だ。ここも関東米穀三組問屋の株を持つ店の一つだった。お波津は、前に屋号を耳にしたことがあったと気がついた。

お波津は、店の中を覗いた。それなりに客がいて、手代や小僧がきびきびと動いている。そして帳場の奥に、羽織姿の若旦那ふうがいるのが見えた。商い帖に目をやりながら、算盤を弾いていた。

顔を検めると、前に見かけたお民と一緒にいた者だ。役者にしたいような男前である。

お波津は木戸番小屋へ行って附木を買い、番人の女房に問いかけた。

「若狭屋さんの若旦那の名は、何というのですか」

「あの人は、止めた方がいいですよ」

男前に引かれた娘が、問いかけに来たと思ったらしい。

「いや、そうじゃありません。あの人ならば、すでに好き合った人がいると思いますよ」

と返した。

「ならいいですけどね。いろいろあったみたいだから」

女房は、若旦那に対してあまりいい印象を持っていないように見えた。それから名を教えてくれた。

「新太郎さんですよ」

歳は十九だと付け足した。

「商いの方は、どうなのでしょうか」

「さあ、どうだか」

新次郎という二つ下の弟がいて、そちらは若いながらやり手だと続けた。弟の方を贔屓にしているようだ。

「兄さんの方は、遊び歩いているんですか」

「そんなことはないですよ」

女房は慌てて否定したが、口先だけだと感じた。

「若狭屋の旦那さんは、どんな方ですか」

「立派な方ですよ。商いには厳しいと聞きますが、あたしらにも腰は低いです。祭礼などにはたくさんの寄進をします。町の溝さらいのときには、たくさん小僧を出してくれますしね」

べた褒めだった。主人の名は十郎兵衛で、町の月行事も務めたことがあるとか。

それから近所の古着屋の女房、裏通りの豆腐屋の親仁、袋物屋の手代などに問いかけた。おおむね、木戸番小屋の女房と同じような返答だった。

さらに隣町へ行って、舂米屋の番頭に問いかけた。

「旦那さんは、きっちりした方ですよ。跡取りがちといろいろあるのは、婆様に甘やかされたからじゃあないですか」

番頭は、はっきりと口にした。主人はやり手だが、跡取りは緩いという話だ。若狭屋自体は、年に八千俵ほどの商いをしているとか。

「店は、次男坊が継げばいいと話していますよ」

大身代である。それを出来損ないの若旦那のせいで、傾かせてはならないという考えだ。

「跡取りは、博奕(ばくち)にでも嵌(はま)っているのですか。女癖が悪いとか、そういうことですか」

「詳しいことは知りませんがね、あの若旦那は、近頃どうも質(たち)のよくないやつらと付き合っているようで」

そういう場面を、番頭も目にしたそうな。

お民は、厄介な若旦那に関わっている様子だった。お波津はそれで、京橋界隈(かいわい)を後にした。

大黒屋へ戻ると、すぐに聞き込んだことを角次郎とお万季に伝えた。

「面倒な話だねえ」

お万季が言った。

七

翌日の閏(うるう)八月三日は、朝から湿っぽい風のある曇天だった。

「ずいぶん、生暖かい風が吹くじゃねえか」

「気味が悪いねえ、野分の嵐が来るんだろうか」

通り過ぎて行く夫婦者が話していた。野分としては、遅い方だ。

角次郎は昼下がりに大黒屋を出て、京橋界隈の親しくしている米問屋へ行った。お波津から聞いた、若狭屋新太郎について話を聞きたいと考えたからである。

よその家の祝言に口出しをするつもりはないが、お波津の危惧（きぐ）は、晴らしておこうと思った。打越屋にとって大事なことだし、修業中預かっていた大黒屋としても、銀次郎には瑕疵（かし）のない祝言を挙げさせたかった。

お万季の願いでもある。

「若狭屋さんの若旦那（わかだんな）ですか」

角次郎の問いに、中年の主人は気さくな口調で返したが、表情には言いにくそうな気配があった。

「ここだけの話として、お聞かせください」

主人とは商いに関してだけだが、数年来の付き合いがあった。

「若狭屋さんは、今の御主人の母御に当たる方が、なかなかきかん気の強い方でしてね。十郎兵衛さんは諫（いさ）めたのですが聞かず、新太郎さんを甘やかしました。まあ、初孫で可愛かったのでしょうが」

新太郎は甘え上手なのではないかと付け足した。

「飲む打つ買うといったところですか」

「そうですねぇ、我慢がきかない質のようです。若狭屋さんの看板を背負っていれば、商いはある程度できるようですがね」

きつい言い方だった。若狭屋の看板がなければ、使えない者ということだ。

「飲むはないようですが、男前で後家や市井の娘と問題を起こす。さらに博奕にも関わっているとの噂は聞きました」

確かめたわけではない。あくまでも噂だと、念押しをした。

「それで若狭屋の御主人は、どのようになさったのでしょう」

跡取りだ。いっぱしの商人になってもらわなくてはならない。

「ええ。暮らしぶりを改めるようにと、ずいぶん叱ったようです」

「しかし変わらないわけですな」

「そろそろ堪忍袋の緒が切れそうだと聞きましたがね、どうでしょうか」

久離も視野に入れているとか。知らぬ間にとんでもないことをしでかされたら、暖簾に傷がつく。

「そういう話は、関東米穀三組問屋の仲間あたりには、伝わっているのでしょうか」

「くまなく行き渡ってはいないでしょうが、耳にした方はそれなりにいるでしょうね」

同業間の噂は、足が速い。

となると澤瀉屋の主人松右衛門は、娘お民と新太郎の関係を知っているのかどうか、そこが問題になる。気がついているのではないかと、角次郎は感じた。

「だとしたら」

胸の内で呟いた。今は店の勢いがなくても、将来性のある銀次郎と添わせてしまう方がよほどいい。それが娘を思う親心というものだろう。二枚目でも、久離になるような者では話にならない。

何事もなければいいが、きちんとけじめをつけられずにいたら、祝言を挙げた後に面倒なことになるかもしれない。

大黒屋への帰り道、風が出てきて雨も降り始めてきた。

羽前屋の前の河岸道に、ぽつぽつと雨が降り始めてきた。風も出てきていた。

「ひどくならないうちに、引き上げましょう」

新米の仕入れのために出向いて来ていた、初老の春米屋の主人が腰を上げた。馴染みの客だ。

敷居を跨いでから、傘を広げた。そして空を見上げた。雨が吹き込んでくる。

「これは、野分かもしれませんよ」

見送りに出た善太郎に言った。

なるほど、鉛色の雲が流れて行く。客を見送っているうちに、一気に雨脚が強くなってきた。

小僧に、店の雨戸を半分閉めさせた。配達に出ていた別の小僧が、びしょ濡れになって帰ってきた。

通りを行き過ぎる人も少なくなった。一枚だけを残して、他の雨戸は閉めさせた。その雨戸が、風でかたかたと音を立てる。

「これはますます強くなりそうですね」

茂助が言った。雨音に耳を澄ませている。そして四半刻もしない内に、本降りの嵐になった。まだ夕方にもならないのに、店の外は薄闇に覆われた。室内では、行燈を灯した。

すべての雨戸を閉めた。空で、大きな生き物が鳴いているような音がし始めた。風雨が建物全体を襲ってくる。

土間にいた一番歳の若い小僧が、体をびくりとさせた。

「野分でも、大きなものですね。まだ荒れ始めて間もないのに」

「そうらしいな」

お稲の言葉に、善太郎は頷(うなず)いた。

「この大嵐は、江戸を通り過ぎたら、利根川あたりにも行きそうですね」

「それは厄介だな」

善太郎は嫌な気持ちになった。利根川の仕入れ先の村々は、これから刈入れを始めるところだった。すでに田からは、水を抜いたと聞いている。

「野分にやられて倒れた稲は、値が下がります」

久之助が案じ顔で言った。

どんと風がぶつかって、店の戸が音を立てて震えた。

八

町廻(まわ)りを済ませた嶋津は、正午過ぎにいったん町奉行所へ戻った。もっと早く戻りたかったが、そうもいかなかった。

路上で荷車がぶつかり合い、材木と炭俵が路上に転がった。荷を引く人足同士が喧嘩になって、その仲裁と後始末に関わった。転がった材木で、怪我をした者も出た。他には、蕎麦の食い逃げ騒ぎが一件あった。

付け火をした強盗の探索に当たりたかったが、それら小事件に遭遇すれば関わらないわけにはいかなかった。江戸の町では、いつも何かが起こっていた。

盗まれた丸に『ゐ』の字の焼き印がついた舟について、何か知らせが届いていないかと気になった。

三十間堀町の岡っ引きは、手先を使って常総屋周辺で犯行当日に不審者を見かけた者がいないか、聞き込みを行っていた。まずはその報告を受けた。

「襲撃のあった三日前の昼間ですが、常総屋の様子を窺っているらしい遊び人ふうがいたと話す者がありました」

二人連れだったそうな。四半刻ほど、店の周辺をうろついていた。

「顔を見たのか」

「いいえ。どちらも菅笠を被っていて、顔を見たわけではありやせんでした」

何かをしたわけでもない。手掛かりにはならなかった。

そして遅い昼飯を食べているところに、違う知らせが入った。

「浅草今戸町の土手で、杭に引っかかった小舟が見つかりました」

隅田川に沿った川べりの町で、山谷堀の先である。船尾に丸に『ゐ』の字の焼き印があったとか。

「よし。おれが行こう」

残っていた握り飯を、嶋津は口に押し込んだ。南町奉行所を飛び出した。

まず浅草三好町の丸池屋へ足を向けた。主人を同道させて、今戸町へ行った。寺に囲まれた鄙びた町で、今戸焼の竃がいくつもあって煙を上げていた。

舟はすでに、船着場に寄せられていた。土地の岡っ引きがいて、嶋津の到着を待っていた。

舟を検めた。

「これは、うちの舟に間違いありやせん」

丸池屋の主人は証言した。焼き印も確かめた。

船底にぽたぽたと血痕があった。少なくはない。賊の一人は、襲った折に歯向かわれて左手に怪我をした。そのための血だと思われた。

岡っ引きから、発見時の状況を聞いた。

「舟は艫綱で繋がれていたわけではありやせん。あそこの杭に引っかかって、浮いていやした」

初老の岡っ引きが、指差しをした。艫綱は先端を、鋭利なもので裁ち切られていた。犯行後逃げるときに、綱を解く手間を惜しんで刃物で切ったと思われた。

「ここで乗り捨てたわけですね」

丸池屋が言った。

「いや、そうではない。杭に引っかかっていたならば、どこかから流されてきたということだ」

もっと上流で乗り捨てれば、綱で結ばれていない舟は下流へ流される。乗り捨てる舟を、繋ぎはしないだろう。

とりあえず土地の岡っ引きに、近所の聞き込みをさせた。

血痕の量からして、怪我は軽いものではなさそうだった。となればどこかで、手当てをしなくてはならないだろう。

嶋津は丸池屋の主人を帰らせてから、近くの医者に当たりながら、川に沿って上流に向かった。

「左腕の怪我人なんて、見えませんねえ」

医者も町の者もそう返した。今戸町周辺では、それらしい者は探し出せなかった。

嶋津はさらに上流へ向かって歩き、浅草橋場町へ出た。上流へ行くにつれて、町は鄙びた様子になる。空き地なども増えてきた。河原近くには、すすきの原もあった。

生暖かい風があって、穂が大きく波打っていた。薄暗くなって、今にも降ってきそうだ。

船着場に、川漁師がいた。

「そういえば朝漁に出るときに、舟から陸に上がる二人がいたっけ」

まだ夜が明ける前のことだ。漁師ではなさそうな動きだったので、驚いたそうな。

「暗がりで、よく分かったな」

「漁師は、夜目が利かなくてはやれませんぜ」

とはいっても、顔が見えたとか体つきが分かったというのではない。離れた場所だったから、黒い影が動くのが見えた程度だ。

ただそれでも、この証言は大きかった。

刻限からすれば合いそうだ。三十間堀からここまで、川を上るには一刻以上はかかるだろう。

「舟から降りた二人は、どちらへ行ったのか」

「あっちの方です」

指差したのは、橋場町の西に広がる浅茅が原の方だった。この辺りは寺の多い界隈で、一番大きいのが総泉寺で、その門前一帯をそう呼んだ。総泉寺は、青松寺や泉岳寺と共に曹洞宗の江戸三箇寺の一つに数えられる大寺だった。

閑静な土地でおおむね百姓地だが、商家の寮や隠居所なども建てられていた。指さした先には、どこかの寮らしい建物があった。

まずは近くの医者の家を聞いて、そちらへ行った。

「腕に大きな怪我をした人などは、来ていませんね。往診もしていません」

中年の医者は言った。

それから数軒の百姓家を廻った。腕の怪我人も、二人連れの不審な男の姿も、見かけてはいないという答えが返ってきただけだった。そこで漁師が指さしたあたりの寮について尋ねた。

「あれは、浅草花川戸町の雑穀屋杵屋歌左衛門さんの寮ですよ」

と教えられた。住み込んでいるのは初老の下男夫婦で、杵屋の者は日々暮らしていない。体を休めたり、客を招いての接待に使ったりするようだと百姓の女房は言った。

早速門前まで行った。四百坪ほどの敷地で、瀟洒とまではいかないが、手入れの行き届いた見越しの松もあって、それなりに風情のあるたたずまいといえた。戸を叩いて、声をかけた。

現れたのは、話に聞いていた初老の下男だった。やや猫背だが、体はがっしりとしている。力仕事をしてきた体だ。

いきなり定町廻り同心が現れて驚いた様子だが、どこかにふてぶてしさも感じた。その辺にいる老人とは、やや異なる荒んだ気配だった。

「一昨日の夜明け前に、二人の男が訪ねてきたはずだが、存じておるな」

初めから、そういう言い方をした。庇うつもりならば、どう訊いても、とぼけるだろう。

「はて、そんな話は聞かねえな」

来てはいないと告げた。

三日前から昨日にかけての、寮での人の出入りについて言わせた。

「一昨日は、杵屋の得意先が来てもてなした。客は暮れ六つ過ぎくらいに帰って、旦那さんと番頭さんが泊まった。二人は翌朝に、駕籠を呼んで引き上げましたぜ」

番頭は作造という名だそうだ。

「変わったことは、なかったわけだな」

「へえ」

「しかしここへ、二人が入るのを見た者がいる」

と言ってみた。反応を窺うつもりだ。しかし怯む様子は見せなかった。

「どこで見たかは知らねえが、夜明け前のことならば真っ暗だ。見間違いもあるんじゃあねえですかね」

とやられると、そうではないと言い返せなかった。

「何なら、中を検めますかい」

目を向けて言った。こう告げるならば、言葉通り来なかったか、来たとしてもすでにいなくなっているかのどちらかではないか。

「いや、いい」

下男の言葉を鵜呑みにしたわけではないが、この寮と杵屋のことを、もう少し調べてからにしようと思った。賊二人が、浅草橋場町で船から降りたのは間違いない。怪我人がいるのだから、手当てもしないで遠くへ行くとは考えにくい。

杵屋の寮を出て歩き始めると、雨がぽつぽつと降り始めた。風もさらに強くなった。

九

夕暮れと共に、風雨はさらに激しくなった。

「仙台堀の水かさが増しています」

蓑笠をつけて外を見てきた茂助が、善太郎に伝えた。笠も含めて、体全体がぐっしょりと濡れていた。

屋根を飛ばすとは思えないが、建物を揺らす勢いがある。安普請の裏長屋では、どうなるか分からない。

「めったにない、大嵐ですよ」

久之助が案じ顔で言った。久之助は、近くのしもた屋から通ってきている。本来ならば引き上げるところだが、店に泊まると言った。

「ならばおかみさんと坊は、こちらで一晩過ごしたらいい」

「はい。そうさせてもらいます」

お稲の言葉に、久之助は応じた。久之助には、二人の倅がいる。

「倉庫に水が入るとまずいですね」

茂助が言った。仙台堀の水かさが増してどこかの堤が破れたら、収めてある古米の俵が水に濡れる。それは避けたい。

「よし。土嚢で店と倉庫を囲もう」

善太郎は決めた。こういうときのために、土嚢の用意はしていた。善太郎を始めとして、すべての奉公人は蓑笠をつけた。龕灯を二つ用意した。善太郎と久之助で、手元を照らしてやる。外は、風雨の闇だ。

「気をつけろ。無理はするな」

外へ出る前に、善太郎は一同に声をかけた。子守りのお咲が、青ざめた顔でその様子を見ていた。

戸を開けると、いきなり横殴りの風雨が飛び込んできた。善太郎が真っ先に外へ出た。それだけで、全身が水を被ったようになった。蓑笠など、何の役にも立たない。

雨粒は、目にも飛び込んできた。

まだ体ができていない小僧たちは、足を踏みしめた。日頃米俵を担っているから、同じ年頃の者よりは腰が据わり、膂力もあるはずだが、立っているだけでも容易ではない様子だった。

水を吸った土嚢は重いが、二人組で何とか運べた。善太郎は龕灯で足元を照らしてやった。

「わあっ」

滑ってすっ転んだ者は、抱き起こしてやる。どれほどのときがかかったかは分からない。一通り積み終えたところで、一同は建物の中に入った。

小僧の多くは、疲れ果てて土間にへたり込んだ。蓑笠を剝ぎ取る。濡れた着物は脱がせて、乾いた布で体を拭かせた。お稲が渇いた着物を用意していた。

「どうぞ」

お咲が、湯気を上げた甘酒を運んできた。これで体を温めろという配慮だ。屋内にいた女たちも、みなそれぞれが出来ることをしていた。久之助の女房は、握り飯の用意をして待っていた。

翌閏八月四日の未明、明るくなる前に嵐は通り過ぎた。善太郎は龕灯で照らしながら、倉庫や店の建物を検めた。

目の前の仙台堀は、濁った水が音を立てて流れて行く。水嵩は堤を越えそうなほど高くなっていて、こんなことは初めてだった。堤が切れたところが複数あって、そこから河岸の道に水が流れ出ていた。

善太郎の他にも、河岸道の様子を検める人の姿があった。おちおち寝ていられなかったのだろう。羽前屋の者たちも、同じようなものだった。

明るくなったところで、善太郎は町の様子を見て廻った。嵐が過ぎて、雲一つない晴天だった。

「おお、これは」

今は水も引いていたが、一部堤が決壊したあたりの家々には、店舗や住居に水が流れ込んでいた。床上浸水になったところもあった。

濡れた地べたに、店の看板や板切れ、鍋や茶碗といった暮らしの道具が、泥に汚れて散らかっていた。土嚢を積まず戸を閉めただけで、商いの品を濡らした店が少なからずあった。

「顧客のところへは、見舞いに廻らせよう」

こういうときのためにと、進物用の木綿を用意していた。売り方の番頭伊助や茂助に、各店へ一反ずつ配るようにと持たせた。

災害見舞いは、一刻でも早く顔を見せるのが肝要だった。

また善太郎が気になったのは大黒屋で、様子を見に行った。大黒屋は川に面していないが、倉庫が竪川沿いにあった。そこには古米千四百俵ほどが納められている。竪川も、堤が切れている場所があると聞いた。

　まずは倉庫へ行くと、その周囲には土嚢が積まれていて、中の米俵には被害はなかった。

　仙台堀河岸や竪川河岸でも、米問屋の倉庫は新米入荷前だから、おおむね中は空だった。浸水があっても、多くの店では実害はない。

　倉庫を検めてから、大黒屋の店へ行った。

「羽前屋も、無事でした」

「それは何よりだ」

　善太郎は羽前屋の状態を伝えてから、角次郎や直吉と本所深川界隈の被災状況について話した。まずは一息だが、気になるのは、利根川流域の仕入れ先の村々の状況だった。野分は江戸だけでは収まらない。

「あちらがどうか」

　角次郎は、それを気にしていた。刈入れはまだ済んでいないから、嵐をもろに受けると損失は大きい。

「すでに水は抜いていますが、濡れますね」

「そうだ。一刻でも早く刈らないと、発芽米や根腐米になるぞ。また根ごと流された米は、腐らせるしかなくなる」

「手早く、刈り取れるでしょうか」

「そこだな。どこの村でも、人手は限られている。常ならば、村中で融通し合って、それぞれ手伝いながら、順番に刈ってゆく。しかし今回は、どこの田も、一刻を争って刈らなくてはならない」

「人の田を、かまってはいられませんね」

「そういうことだ。名主の常右衛門らは、慌てていることだろう」

「損失は大きいでしょうね」

不安の声になったのが、自分でも分かった。遅れて刈った米は、色のついた茶米にもなる。

新米の売れ行きは、商いの行方を左右する。古米の比ではない。何しろ大黒屋と羽前屋は、合わせれば一万俵を超す商い高になる。その仕入れ先の多くが、利根川と思川の流域だった。

安穏としてはいられない。

次の日になって、利根川から関宿経由で江戸川を下ってきた荷船が、江戸に着いた。豆類を運んできた船だが、船頭たちは田畑の様子を目にしてきていた。

善太郎は船頭を捉まえて、銭を与えて話を聞いた。

「大嵐が田畑をなぎ倒しました。ひでえものです。利根川の流域はどこもやられましたね」

船頭は、渋い顔になって言った。そして続けた。

「おれらが下って来るときも流れは激しかったが、これからはそれでは済まねえ。支流から流れ込む水で、利根川はとんでもないことになりますぜ」

昔から坂東太郎と呼ばれる暴れ川だ。

「では、上五箇村や上中森村はどうかね」

「酷かったね。下流の赤生田村や小桑原村も、水浸しだった」

上五箇村は打越屋の、上中森村は羽前屋の仕入れ先だ。赤生田村などは、大黒屋の仕入れ先だった。

尋ねられるだけのことを聞いた善太郎は、大黒屋へ行って耳にしたことを角次郎に伝えた。

「もっともな話だ。仕入れ先は一つの村だけではないから、それぞれ検めておかねばならないな」

災害に遭った米とはいっても、どの程度のものか。無傷のものもあるはずだった。仕入れる米問屋としては、はっきりさせておかなくてはならない。

大黒屋では、今日にも直吉が江戸を発って、仕入れ先の村を廻ると伝えられた。被害状況をはっきりさせて、対策を立てる。

「ならば羽前屋では、私が出向きます」

善太郎は言った。日を置いては、対策に遅れが生じる。

羽前屋に戻った善太郎は、お稲に今日の暮れ六つ発の関宿行き六斎船に乗ると伝えた。

「私にも、お供をさせてください」

久之助に話したとき、傍にいた茂助が言った。茂助は疫病の折には上中森村や上五箇村に顔を出していた。

慌ただしく荷作りをし、両国橋東袂下から出る六斎船に乗り込んだ。人だけを乗せて関宿へ向かう船だ。歩かずに行ける舟だから、利用する者は多い。その中には、商人ふうが目についた。

田畑の状況を検めに行く者たちだと推量できた。

小名木川から新川あたりまで、川の流れはいつもよりも強いという程度だった。
しかし江戸川に入ると水嵩も増して、流れは激しくなった。
ごうと、音を立てている。川の水も、土に汚れていた。船は上下左右に大きく揺れた。なかなか眠れなかった。

翌日の正午前に、六斎船は関宿に着いた。関宿城が、秋の日差しを浴びていた。城下の杜が、紅葉を始めている。川の流れは相変わらず激しいが、憎らしいほどの晴天だった。

関宿は、利根川と江戸川が合流する場所だ。日光東往還道の宿場でもあった。水陸交通の要衝である。城下町としての顔もあった。

善太郎はここの船着場で、船頭や水主から利根川上流の状況を聞いた。

「利根川は、昨日よりも今日の方が水嵩が増しているぜ」

これから被災する村も出るのではないかと付け足した。

「上中森村はどうでしたか」

「ああ。あそこは堤が切れて、村中が水浸しになったと聞いたぞ」

善太郎と茂助は、顔を見合わせた。予想していた状況の中では、最悪だった。

仕入れ先の他の村についても尋ねたが、それからの被災情報はなかった。とはいえ目の前にいる船頭や水主たちが、知らないだけかもしれない。

確かめる必要があった。そこで茂助には他の村を廻らせ、善太郎は上中森村へ向かうことにした。

茂助と別れて、善太郎は倉賀野方面に向かう荷船に駄賃を払って乗り込んだ。

川の流れは、江戸川よりも激しかった。いつ川止めになってもおかしくない状況だ。船は上下に大きく揺れた。船端にいると、ばしゃりと水を被る。

「この辺りが、ちょうど野分の通り道になったんだよ」

船頭が言った。途中止まった船着場で善太郎は船から降りて、村の田の様子を眺めた。一面に稲がなぎ倒されている。川に近いあたりが、根ごと流されていた。川に接する村は、どこも同じようだった。

「利根川の下流は、これよりも酷いらしいですよ」

水主が、関宿で聞いたのだとか。

荷船は中森河岸に着いた。降りた善太郎は河岸の道に立って、目の前に広がる田圃に目をやって息を呑んだ。

上流ほど被災は少ないと聞いたが、とんでもなかった。前の河岸場で見た村以上の惨状だった。なぎ倒された稲が、水に浸かったまま一面に広がっている。刈り取っている百姓の姿も見えたが、はかどってはいなかった。

名主常右衛門の屋敷を訪ねた。常右衛門は田に出ているというので、その場所を聞いて行った。善太郎は、畦道から声をかけた。

「よくお出でくだされた」

歓迎はしてくれたが、表情はさえなかった。野良着を身につけていて、足元や腕のあたりに泥がついている。自ら稲刈りに加わっていたのだ。

村と稲の状況について尋ねた。

「このまま水に浸けておけば、すぐに傷米になります。すでに発芽を始めた米も、だいぶあります」

半泣きの顔になった。疫病や飛蝗のときにも、そんな顔はしなかった。

「一刻も早く刈ってしまいたいのですが、人手が足りません」

刈入れは農家ごとに、村中で順番に手を貸して刈り取るのが通例だ。数日遅くなっても、通常では問題ない。しかし今のまま濡れた状態が続けば、稲の質は落ちるばかりだ。

百姓たちは、たとえ四半刻であっても、自分の田の稲を刈りたい。他人の稲を刈っている間に、自分の稲がおかしくなっては身も蓋もないと考える。その結果、各々の作業ははかどらずに不良米が増えて、出荷も遅れる。

名主の常右衛門でさえも、田に出なくてはならない状況になった。

「なるほど」

常右衛門の言葉は、胸に染みた。善太郎としては田に足を踏み入れて手伝いたいが、自分一人だけでは焼け石に水だと感じた。

炎の壁を拵えて、やっとの思いで大群の飛蝗から守った稲である。刈り取る寸前で野分にやられるとは、考えもしなかったところだ。

「こうなったら、いかに不良米を少なくできるかが勝負です」

「周辺の村は、どうですか」

「上五箇村は、うちと同じようです。ただ川から離れた村は、ことはずいぶん違います」

堤を破った水は、川沿いの村の田を襲ったが、その先の村の田までは及ばなかった。被害の少ない村もある。

無傷の米は品不足となり、値上がりする。しかし災害を受けた米は江戸への納品が遅れ、安価になる。

そういう米は、利根川流域だけでも何万俵にもなるだろうと常右衛門は言った。
濁流となって轟音を立てる利根川に、善太郎は恨めしい気持ちで目をやった。

十

常右衛門には、長話をしている暇はない。善太郎には家に泊まれと言ったが、話はそこで切り上げた。一株でも早く刈り取りたいのだ。

「お邪魔をしました」

善太郎は、一人で仕入れ先の近場の村を廻ることにした。天気がいいから、彼方には赤城の山々がよく見えた。

利根川沿いの上中森村と下中森村は、どちらも惨憺たるものだった。根ごと流された田は、手の施しようがない。被害を少なくするために、刈れるところから刈ってゆくしかなかった。

顔見知りの百姓でも、声をかけるのが憚られた。

まだ手も付けられないいくつかの田に、善太郎は足を踏み入れた。稲を一粒ずつ指で触れて検める。

「ううむ」

発芽米や根腐米、茶米といった稲が散見された。

下中森村の北東、利根川からはやや離れた大輪(おおわ)村は、それまで歩いた二つの村とは状況が違った。野分の被害には遭っていたが、根ごと流されるような株は一つもなかった。

ここも羽前屋の仕入れ先だ。刈取りをしていた知り合いの百姓に声をかけた。

「せっかく刈り取る間際まで来たのに」

中年の百姓は、言葉に悔しさを滲(にじ)ませた。

「酷(ひど)い目に遭いましたけどね。でも、うちの方がまだましです」

上中森村や下中森村についてはそう言った。とはいっても、自分の田の倒れた稲を刈り取る作業に追われていた。他の田を顧みるゆとりはなかった。老人や子どもも、稲刈りに加わっている。

五、六歳くらいの子どもが、赤子を背負って畦道を歩いていた。

倒れた稲を刈るのは、通常の稲刈りよりも手間がかかる。濡れた稲束を起こすことから始まる。家族総出でやっても、他からの手伝いは得られないので、どこの家でもはかどっていなかった。

上中森村の上流、上五箇村へも行った。ここは打越屋の仕入れ先だ。利根川に面しているから、他の川べりの村と、同じような惨状だった。

どこの村でも、百姓たちは善太郎には好意的に接する。だが挨拶はしても、田から上がって話をしようとする者はいなかった。

一通り廻って、収穫量を予想した。四村を廻ったところで、まともな米は五、六割くらいか。一割弱は、商品にならない。三、四割が災害米になるだろう。しかも江戸への搬送は、年貢納めの後になるから、大幅に遅れる。

どこも刈入れは捗っていないが、ひと際遅れているのが上中森村の庄作という小前の田だった。一人で田に入っている。

「お爺さんの具合はいかがですか」

「よくねえな」

善太郎が声をかけると、手を動かすのは止めないまま庄作は答えた。ここの隠居は、病で動けない。四人目の子どもを身籠っている女房は、老人や幼子の世話をしながらの刈入れだから、充分には動けない。

庄作が一人になりがちなので、刈入れはどこよりも遅れていた。このままでは、発芽米や根腐米ばかりになってしまう。

「薬代を稼がなくちゃあならねえのに、これじゃあ、年貢だけ取られて身動きもできねえ」

庄作は顔を引き攣らせた。

「よし」

善太郎も、稲刈りに加わることにした。やったことはないが、ただ見ているだけよりはましだと考えた。

早く江戸へ帰って対策を立てたいが、他の村を廻っている茂助が姿を見せるまでならばできる。足手まといにはならないはずだった。

「ありがたい。助かります」

猫の手も借りたいところだから、善太郎の申し出を受けた庄作は、初めて顔を上げた。庄作の女房から、野良着と鎌を借りた。裸足になって、庄作が刈る隣の田に入った。

倒れた稲束を左手で摑み、持ち上げる。そこで右手の鎌を振るった。一度ではうまくいかない。その作業を繰り返した。

容易いように見えるが、そうではない。上半身を曲げての仕事だから、腰に負担がくる。また水に濡れた稲束は、思いがけず重かった。

繰り返していると、左腕が痛くなった。腰の痛みが、追い打ちをかけてくる。日頃は使わない筋肉だ。

畝一つを刈り上げると、体が悲鳴を上げた。腰と腕を伸ばした。庄作は脇目もふらずに、作業を繰り返していた。

やらなければ終わらない。容易くは終わらないが、できるだけのことはするつもりだった。

善太郎は翌日も、庄作の田の稲刈りを手伝った。朝起きると体の節々が痛かったが、それは口に出さなかった。たいして刈れなかったが、庄作は感謝してくれた。

二日後の昼下がり、他の村を廻ってきた茂助が、上中森村へやって来た。

「いったいその姿は、どうしたんです」

茂助は善太郎の姿を見て驚いたが、事情を話せばすぐに理解をした。

「いや、どこもよくないですね」

落胆を隠さず、各村の様子を告げた。

被害が軽いところもないではないが、仕入れ先に限らず多くの田が野分にやられていた。利根川流域だけでなく、思川流域も同様だった。

「堤が脆かったところは、嵐が通り過ぎた後に水が溢れてやられました」

利根川の増水量は、昨日が一番激しかった。今日になって、ようやく収まってきたが油断はできない。

稲刈りの前に、崩れそうな堤の修繕をしなくてはならない村もあった。利根川は暴れ川だから特に怖い。

善太郎と茂助は、早速下りの船で関宿へ向かうことにした。

「お世話になりました」

庄作に江戸へ帰ることを伝えると、残念そうな顔をしたが、それでも手を止めて頭を下げた。

地回り酒を積んだ下りの船に、旅装を整えた善太郎と茂助は乗り込んだ。多忙な中だから、見送りは断った。

川の流れは激しかった。しかし船頭は、その流れにうまく乗った。暮れ六つ過ぎには、関宿へ着いた。

「腹が減りましたね」

早くは着いたが、船端にしがみついている時間が長かったので、空腹を覚えた。善太郎と茂助は、船着場に近い一膳飯屋へ入った。

今日も到着のときと同様に、商人ふうが多数いて、酒を飲んだり食事をしたりしていた。

隣の飯台で酒を飲んでいる商人二人が話をしていた。すでに酔っていて、声は大きかった。

「目当てにしていた新米が入らない」

「あたしのところは、大幅に遅れます」

やけ酒に近い模様だった。

「小売りは待ってくれないからね。納品はしなくちゃならない」

「まったくだ」

「となると、不出来な米も仕入れなくてはなるまい」

狐顔の中年が、猪口の酒を呷った。三十前後の、面長で顎の突き出た商人が返した。

「それもそうだが、古米を仕入れる手もあるぞ」

これならば、すぐにでも手に入るという考えだ。

「今さらあるのかねえ」

「あるところには、あるんじゃねえか」

聞いた善太郎と茂助は、顔を見合わせた。動かしていた箸が止まった。

「多少ゆとりのある百姓家では、万一に備えて、ある程度の古米は残しておくものだ」

「なるほど」

「そこを探して、買い取ればいい」

「しかしそう考える者は、多いんじゃあないか」

「急いだほうがいい」

「なければ江戸か」

「そうかもしれない」

二人は空になった猪口に酒を注ぎ合って、そして飲み干した。

米が足りなくなるのは間違いない。出来のいい米は、領主が取り上げてしまう。商人米はその残りとなる。幕府米や藩米を扱う問屋はいいが、商人米を商う問屋は割を食う。

羽前屋と大黒屋は、商人米だけを扱うのではない。幕府米や藩米も扱う。その分仕入れは安定していて、それが売りになっている。今年はこれに、古米の売り方が勝負になる。不良在庫だった品が、大嵐で状況が変わってきた。

商人としては、腕の見せ所だ。

十一

江戸へ戻った善太郎は、まず大黒屋へ足を向けた。茂助は先に羽前屋へ帰らせて、お稲と久之助に報告をさせる。

「ご苦労だった」

善太郎の顔を見た角次郎は、そうねぎらった。番頭の直吉も仕入れ先を廻っているが、大黒屋の方が商い量が多いので、まだ江戸に戻ってきていなかった。

角次郎とお万季に、利根川と思川沿いの村の様子を伝えた。また関宿の一膳飯屋で耳にした商人の話も言い添えた。

「傷のない新米は、間違いなく高値になる。古米はそこまでいかないが、遅れる被害米よりは高値がつくだろう」

話を聞き終えた角次郎は言った。

「そこが勝負ですね」

大黒屋と羽前屋で、打越屋から古米三千俵を仕入れた。それぞれ百俵程度は売ったが、あらかたが残っていた。

「農家や問屋には、まだ古米が眠っている。それは早晩、市場に出てくるだろう。ただその量は、たかが知れている」

豊作が見込まれていたから、各問屋は早めに処分をした。

「大黒屋や羽前屋ほどの量ではないですね」

「そうだ。どう売るかだな」

捨て値ならば、これまでも売る機会がなかったわけではない。しかし暮らしの核になる米を、家畜の餌になるような値では売りたくなかった。それは米商人としての、矜持でもあった。

話をしているところへ、銀次郎とお波津が挨拶に来た。銀次郎は、もう寝間着姿ではなかった。

「起き上がれるようになったのか」

「はい。お陰様で」

ちらとお波津に目をやってから、銀次郎は頭を下げた。

「何よりだ」

「一時は、どうなるかと思いました」

お波津も嬉しそうだ。

「帖付けならば、どうにかできます。いよいよ、新米が入りますね」

土地によって出来不出来はあるにしても、入荷が始まるのは確かだ。銀次郎がする帖付けならば、間違いはない。

今回の仕入れが済むと、銀次郎は大黒屋を出て行く。しかしそれまでは、力になるはずだった。

それから善太郎は、本所深川界隈の米問屋を覗いて歩いた。大方は、店の中に米の値を張り出している。それを検めた。

「ほう。江戸を出る前よりも、だいぶ上がっているぞ」

声になった。

新米価格は豊作が予想されていたこともあって、嵐の前は問屋価格で一石銀七十二匁だった。それが一石銀七十六匁をつけていた。もちろんこれは瑕疵のない新米の場合で、大黒屋もその値をつけていた。

「まだまだ上がりそうだな」

と予想がついた。米相場を張ろうとする者は、動いているはずだ。

羽前屋へ帰ると、早速久之助から、新米の価格について相談があった。久之助はすでに茂助から、仕入れ先の状況を聞いている。

「相場の流れを見るしかないが、とりあえずは一石七十六匁でいいだろう」

問題は、古米だった。

「新米を入れられない顧客には、そちらで受け入れてもらうしかない」

「ええ。事情は分かりますから、駄目はないはずです」

そんな話をしているところへ、四十代半ばのどこかの商家の主人らしい男が姿を現した。初めて見る顔だった。

「はい。どのようなご用で」

久之助が相手をした。客はまず、浅草花川戸町に住まう、杵屋歌左衛門という者だと告げた。

浅草花川戸町の杵屋という屋号については、どこかで聞いた気がしたが、善太郎は黙っていた。注意して耳を傾けたわけではなかった。

「こちら様には、古米の在庫があるそうで。お分けいただければと存じましてね」

気さくな口調で言った。身なりはきちんとしているが、どこか荒(すさ)んだ気配があった。したたかさも窺(うかが)えたが、商人(あきんど)とは本来そういうものだった。人がいいだけでは、務まらない。

売るのにやぶさかではないが、今となるといくらでもいいというわけにはいかない。

「もちろんですが、どれほどの量を、いかほどで」

「三百俵ほど」

「ほう」

久之助も善太郎も仰天した。これまでならば、考えられない量だ。これで善太郎は、この客に関心を持った。

「それはちと」

久之助は返した。

「まあ、そうでございましょうね」

杵屋はにこやかに引いた。どこまで出せるか、こちらを試したように感じた。羽前屋にどれほどの在庫があるか、具体的なことは分からないはずだった。

「三百俵以上分けていただけたなら、一石につき銀二十匁で引き取らせていただきます」

ここで善太郎は、杵屋という屋号を思い出した。名はうっかりしたが、杵屋の番頭だという者が、大黒屋へ古米を買いに来たことがあった。あのときの番頭の顔を思い出した。

確か一石を銀十匁で買いたいと言っていた。

それよりはましだが、受け入れられる値ではなかった。久之助は、静かに首を横に振った。

「では、銀二十四匁では」

向こうから値を上げてきた。ただ何であれ、仕入れ先の状況を考えたら、三百俵は出せない。またもう少ししたら、これ以上に値上がりをするだろう。

「うちでは、ご要望に応(こた)えられそうにありません」

久之助は断った。

「さようですか。仕方がありませんな」

杵屋はそれで引き上げた。心残りはありそうだったが、それ以上では、転売するにあたって利幅が薄くなると考えたのかもしれなかった。

「あの大嵐で、米相場の様相が変わってきましたね」

やり取りを聞いていたらしいお稲が、善太郎に言った。

第二話　古米高騰

一

善太郎(ぜんたろう)は旅装を改めてから、日本橋高砂町(にほんばしたかさごちょう)の打越屋(うちこしや)へ行った。打越屋の仕入れ先である上五箇(かみごか)村と周辺の村の様子を伝えるためにである。

もちろん打越屋でも、仕入れ先へ手代を廻(まわ)らせているはずだが、分かることは何でも耳に入れておく。少しでも早く耳に入れておくことで、商いの命運を分けることがある。

打越屋の手代は、やはりまだ戻って来ていなかった。銀兵衛(ぎんべえ)は、関心を持って善太郎の話を聞いた。

「なるほど、とんでもないですね」

聞き終えて嘆息した。銀兵衛も噂は耳にしていたが、実際に見てきた者から話を聞くのは初めてだとか。

「災害米も含めて、収穫量は二割以上減りそうですね。入荷時期が遅れるのも困ります」

「必要ならば、古米百俵お返ししましょうか」

「それは助かります」

銀兵衛は、一石銀三十五匁でどうかと言った。

「いえ。いただいたときの銀三十二匁でかまいません」

善太郎は応じた。打越屋は親戚も同然だから、儲けるつもりはなかった。

恐縮した後で、銀兵衛は古米にまつわる他の話をした。

「これからは、古米を求める人も増えてくると思います」

「新米の不足分を補いますからね」

「まさしく。それでうちにも、古米がないかと言ってきた客がありました」

昨年、米相場でしくじって、大量の売り残しを出したことをどこかで聞いたらしいと付け足した。

「耳聡いですね。どこの店ですか」

「それが、米商いの者ではないのですよ。浅草花川戸町の杵屋という雑穀屋です」

「ほう」

羽前屋や大黒屋にも、主人や番頭がやって来た。しかし雑穀屋だとは告げなかった。関心があったわけではないから、こちらも調べなかった。

「気弱な主人のところだと、押し買いもどきのやり口で、安く買い取ってゆくそうです」

「それでは、まともな商いとはいえませんね」

「番頭の作造という者は、なかなか強引でしたたか者のようです」

そこまでいかなくても、古米を求める者はいる。一俵二俵ならば、顧客に限り市価で売った。

「先ほど大黒屋へ行って、銀次郎さんに会いましたよ。すっかり良くなったようで」

善太郎も話題を変えた。

「お陰様で」

銀兵衛の表情が緩んだ。父親の顔になっている。

「あれを育ててくださった大黒屋さんには、たいへんありがたいと思っています」

大黒屋へ来る前は、まるで使い物にならなかった。相場に手を出して、店に大きな損失を出した。大黒屋へは、修業に寄こしたのである。

それが今では、帰ってくるのが楽しみになるくらいに成長した。

「澤瀉屋さんのお民さんとの縁談は、どうなりましたか」

忘れていたわけではなかった。

「昨日、松右衛門さんが見えました。話を進めたい様子でした」

お民には好いた相手がいると聞いている。店としては悪い話ではないだろうが、そうなると手放しでは喜べない。銀兵衛は分かっているのかと尋ねたかったが、それはできなかった。

打越屋を出た善太郎が、羽前屋に戻るために仙台堀河岸を歩いていると、赤子を背負った子守りの娘が駆け寄ってきた。すぐそこに店の倉庫がある。

「旦那さん」

強張った顔で、声をかけてきた。お珠を背負ったお咲だ。

お咲は天涯孤独の九歳で、唯一の血縁だった祖母を亡くし行き場がなかったところを、お波津の口利きでお稲が引き取った。お咲にとっては、羽前屋の他には生きる場所がない。それが分かっているからか、働き者でお珠を可愛がった。お珠も懐いていた。

お稲が読み書きと裁縫を教えている。大人になったら、羽前屋から嫁に出すつもりだった。

幼いながら、羽前屋に対する忠義の気持ちは、他の奉公人に劣らない。

「どうした」

「怖い顔の、変な男の人がいて」

店の倉庫を探っていたという。そこには、古米が納めてある。

「何かを、したのかね」

善太郎はしゃがんで、目の高さを合わせて尋ねた。お咲は必死に訴えようとしている。

「そうじゃないけど、きかれました」

「ほう」

「米俵は、倉庫にいっぱい入っているのかって」

満杯に入れれば、千俵は入る。古米は他の倉庫にも納めていた。

「それでどう答えたのか」

お咲は、満杯になっていることを知っている。倉庫の戸を開ける場面を、何度も見ていた。

「知らないと言って、逃げてきました」

強張った表情の意味が分かった。

「そうか。余計なことを言わなかったのは、賢いぞ」

褒めてやると、ほっとした顔になった。そして背を向けると、お咲は子守歌をうたいながら河岸の道を歩いて行った。

善太郎は倉庫の周辺を回ってみたが、すでに怪しげな者の姿はなかった。

はっきりはしないが、米商いの何者かが、在庫量を探りに来たのではないかと考えた。倉庫の広さと、そこにどれほど入っているかが分かれば、備蓄されている米俵の大まかな数は分かる。

「杵屋あたりか」

思い当たるのは、そこだった。改めて、買い取りに来るかもしれない。儲かるならば、何でもやりそうな印象だ。

古米の値が上がるのは助かるが、それで買占めや極端な値上がりがあれば、困るのは最後に買い入れる市井の者たちである。

打越屋へ百俵を譲ると、残りは千三百俵ほどになる。どう売るか、今年の儲けだけを考えて売るわけにはいかない。

二

野分のお陰で、新米の仕入れはどこの店も厳しくなった。災害米を嫌がっていたら、総数が足りなくなる。値上がりはしても入荷の総量は減るから、減収は避けられない。また必要な量を顧客に卸せないと、問屋としての信用を失う。

これまで顧みられなかった古米が、ここへきて注目されるようになった。

「ごめんなさいまし」

お波津は百文買いの客の相手をしていると、振り売りらしい尻はしょりをした男が敷居を跨いで入ってきた。見かけない顔だ。

「はい。御用の向きは」

手代の亀次が相手をする。

「古米を、売っていただけないかと思いましてね。いや、一俵でも二俵でもいいんですよ」

揉み手をしながら言った。値上がりを見込んで、小遣い稼ぎをしようという魂胆か。

「一見さんには、お分けしないことにしているんですがね」

穏やかな口調で亀次は返した。見も知らない小商人に、一儲けさせるためにここまで持ち続けてきたわけではなかった。

「二俵で、銀三十九匁でいかがでしょう」

今の市価よりも高値で買おうとしていた。さらに上乗せして、どこかへ売るつもりだ。

市価はおおむね一石（玄米で二俵半）銀三十七、八匁あたりだが、どこの店へ行ってもこの値では手に入らない。「在庫がなくて」とやられてしまう。紙に書かれて貼られた値札には、『売り切れ』と朱墨で上書きされている。

仲買としては、精いっぱい奮発したところだろう。しかし亀次は動じなかった。角次郎や直吉から、告げられている。

尻はしょりの男を追い返した。古米に関しては、たとえ大店の番頭が来ても、同じ対応をすることになっていた。

米の値は、今後どう動くか目が離せなくなっている。

お波津も米の値動きには、関心を持って見ていた。ただ澤瀉屋のお民と関わりを持つ新太郎のことも、気になった。澤瀉屋の主人が、また打越屋を訪ねたと銀次郎を見舞いに来た母親から聞いた。

銀次郎に関わることでもあるが、お民の心の持ちようが無視できないでいた。

新太郎に深入りすれば、不幸になる。それは分かっていても、お民は気持ちを裁ち切れない模様だ。同じ年頃の娘として、分からなくはない恋情だった。ただこのままでいいとは思わない。

「私は、お節介だ」

と呟きが出る。けれども一度胸に萌してしまった疑念は、そのままにはできなくなった。

これまでの聞き込みでは、新太郎は「たちのよくないやつ」と付き合っていると分かった。それがどういうやつか知りたくて、抑えようがなくなった。

それが何者か、お民は知らないかもしれない。しかし伝えて忠告したところで、女心はそう変わらない。

ただそれでも、何かできないかと考えるのだ。

どうせ他人事だと思わないのは、銀次郎が関わるからだけではなかった。お民という者に、心惹かれるものがあるからだった。

「あの人は、親身になって銀次郎の世話をしてくれた」

このことが大きかった。好いた人がありながら、それでも気持ちをこめてくれた。

幼馴染以上の何かがある。

それを何か知りたいが、問うことはできない。

お波津は、若狭屋がある京橋北紺屋町へ足を向けた。若狭屋は、相変わらず人の出入りが多かった。「いらっしゃいませ」の声が響いてくる。

店の中を覗くと、新太郎は奥の帳場にいた。仕事はしているようだが、今見ると二枚目というだけの胡散臭い男に感じた。

町内の表通りには、大店や老舗が並んでいる。そこで訊いても、当たり障りのないことしか聞けないと思った。そこで裏通りにある、小店に行って問いかけをすることにした。

まず青物屋が目についたので、店先にいた三十代半ばくらいの女房に問いかけた。店には土のついた牛蒡や蓮根、芥子菜、茗荷、里芋などが並んでいる。

「あの人、表通りの人には腰が低いけど、あたしらにはねえ。まあ客じゃあないから、仕方がないけど」

「女癖はどうですか」

「よくないですよ。あの顔で、後家や娘を騙すんですから」

いきなり非難する言葉が飛び出した。不快なことでも、あったのかもしれない。

「たちのよくない人と付き合っていると聞きましたが、誰か分かりますか」

「そういう人とは、付き合っているでしょうよ。でもそれが誰かは分かりません」

汚らわしい、といった口ぶりだった。嫌いという気持ちが入り過ぎていた。

次に聞いた古着屋で店番をしていた老爺は、青物屋の女房ほどではなかったが、やはり新太郎をよくは言わなかった。

「この町でではありませんが、目つきのよくないやつと歩いているのを見かけたことがあるね」

とはいえ、それが誰かは分からない。

三軒目の豆腐屋でも訊きたいことは耳にすることができなかった。そこで新太郎が子どもの頃から親しくしていた者を尋ねた。四人の名が挙がった。

まずは表通りの小間物屋の若旦那である。通りに出てきたところを捉まえた。

「あいつが今、誰と付き合っているかって。そんなことは知らないねえ。ろくなやつとは、付き合っていないんじゃないかね」

だからこそ知りたいのだが、避けている様子で、首を振るばかりだった。足袋屋や味噌醤油の問屋の若旦那にも問いかけたが、「知らない」で済まされた。あからさまに悪くは言わないが、知り合いとされるのは迷惑らしかった。

最後の一人は、裏店に住んでいた為吉という者だった。新太郎の腰巾着のように付いて回っていた者だそうな。

今は北紺屋町にはおらず、二つ離れた町の裏長屋に移っていると教えられた。町を回って歩く鋳掛屋だという。

ともあれ長屋へ行ったが、案の定留守だった。行っていそうな場所を聞いて捜した。為吉は、霊岸島で鍋や釜の修理をしていた。

「あんたみたいな堅気の娘が、そんなことを聞いてどうするんだい」

と逆に訊かれた。気のいい男らしいが、荒んだ気配もあった。

「まあちょっと」

「近づかない方が、いいと思うぜ」

知っているらしかった。数枚の銭を与えた。

「どこの賭場かは知らねえが、一緒に行くやつは知っている」

伊多次という界隈の遊び人だった。紹介してほしいと告げて、さらに数枚の銭を渡した。

「仕方がねえな」

と言って、為吉はお波津を楓川河岸に近い京橋常盤町の裏長屋へ連れて行った。

戸を叩いても、すぐには返答がなかった。しばらく続けて、ようやく腰高障子の向こうで人が動く気配があった。

軋み音を立てて、二十歳半ばの男が顔を出した。それが伊多次だった。もう昼間に近いというのに、大きなあくびをした。今まで寝ていたようだ。

「若狭屋の新太郎について、この人の問いかけを、聞いてやっちゃあくれねえかい」

為吉はそれだけ言うと、引き上げてしまった。

伊多次はもう一度大きなあくびをした。酒臭い息だった。

「わざわざ起こされて、いろいろ訊かれる。ただってえわけには、いかねえぜ」

指で丸を拵えた。五十文を求められたので与えた。

「ならば、入んな」

と言われた。男と酒のにおいが混じっている。寝床も敷いてあって、そういう部屋に入ることに抵抗があったが、仕方がなかった。

「新太郎さんとは、よく賭場へ行くのでしょうか」

「行くよ。あいつが行きたいと言うからね」

「いつ頃からですか」

「一年半くらい前からだね」

「儲かっているのですか」

「そんなわけがねえだろう。世間知らずの大店の若旦那なんて、いいカモじゃねえか」

嘲笑った。

「借金が、あるのですね」

「ああ。四月前くらいに大きな勝負をして、負けた。さらに代貸しから借りて勝負をした」

「それも負けた」

「まあな」

大店の若旦那だから、代貸しは用立てたのである。

「金額は、相当高額だったんですね」

「まあな、すぐには返せなかった。ただ利息が利息を生んでよ、今では総額は百両近くになっているんじゃあねえか」

「…………」

あまりの高額で、仰天した。百両の利を出すことがどれくらいたいへんか、それはお波津にもよく分かった。

「返せるんでしょうか」

「さあ、どうだかね。返済期日は迫っていると聞いたぜ」

それを聞いて、お民と会っていた新太郎に苛立(いらだ)ちがあったのは、そのせいだと納得した。もちろん、借金については、お民には話していないだろう。またお民にしても、話を聞いたところで、どうにかできる額ではなかった。

「いったい、どこの賭場なのでしょうか」

ここまでは、聞いておきたかった。

「山谷堀(さんやぼり)の、その向こうだ」

どこか面白がる口調だった。

「ずいぶん、遠くですね」

「あたりめえじゃねえか。この辺りならば、親にばれちまう」

言われてみればそうだ。山谷堀は吉原(よしわら)の向こうで、地域としては広い。

「どのあたりなのでしょうか」

「そうだな、近くまで連れて行ってやろうか。銭を貰(もら)ったしなあ」

卑し気な笑いを口元に浮かべた。お波津はわずかに身を引いた。狭い土間だから、身動きがしにくい。

「その前にどうだい。仲良くしようじゃねえか。せっかく知り合いになったんだからよ」

強い力で腕を引かれた。体がぐらついて、抱き取られた。一瞬のことだった。声を上げようとしたが、汚い手拭いで口をふさがれた。

それだけで、吐きそうになった。

履物のままで、寝床に引き摺り上げられた。もがいたが、力ではかなわない。仰向けに寝床へ倒された形になった。上から、男の体が覆い被さった。重い体だ。ついに帯に手がかけられた。

両手は思うように動かない。かろうじて、右足だけが動いた。お波津は力任せに、膝で蹴り上げた。

「ううっ」

伊多次が呻いた。体の動きが停まっている。夢中だったが、股間をしたたかに蹴り上げていたようだ。

手が緩んだところで、お波津は渾身の力を込めて男を突き飛ばした。男の体が転がった隙に、長屋から飛び出した。

死に物狂いで駆けて、表通りに出た。

三

野分の大嵐の爪痕を見廻った嶋津は、改めて杵屋とその寮を洗うことにした。追っているのは、盗みと殺しだけでなく、付け火までした極悪人である。

「許すわけにはいかねえ」

という気持ちだ。

若い頃のような、熱意や正義感はない。とはいえ定町廻り同心として禄をはみ、町の者の暮らしを見てきた。火事の恐ろしさも、膚で感じた。盗賊どもを、このままにはしないという怒りは消えなかった。

逃げた二人の盗賊が、杵屋の寮に逃げ込んだ確証はない。しかし片方が大きな怪我を負っている限り、遠方に逃げるとは考えにくかった。舟に残った血痕の量は、傷の深さを伝えている。

医者はもちろん、周辺の家には問いかけを行った。二人が立ち寄った気配はなかった。

「やはり杵屋の寮しかあるめえ」

という結論だった。

そこで嶋津は、近所でもう一度聞き込みをし直した。問いかける内容は大きく違わないが、念入りにした。

犯行があったのは深夜で、九つを過ぎてからだ。舟で浅茅が原に近い船着場に着いたのは、閏八月一日の未明となる。そこをはっきりさせた上での問いかけだ。

「朝でも昼でも、医者らしい者が杵屋の寮に入らなかったか」

医者へ行っていないなら、呼び寄せたことになる。もちろん素人でも治せる傷ならば別だが、そうではないとして訊いた。

「さあ」

見張っているわけではないから、分からない者が多い。仮に人の出入りがあっても、見かけない者ならば医者かどうかの区別はつかないだろう。

ただどんな小さな事件でも、探索というのは思惑通りにはいかない。だからこそ核心に近づけたときの満足は大きかった。

そしてやはり、七、八軒目で、「おう」と声が出そうになることを口にした者がいた。奥州街道と浅茅が原を繋ぐ道の途中のある農家の女房だ。

「辻駕籠が、あの寮に入りました。若い人が、箱のようなものを手にして付き添っていました」

半刻ほどで引き上げたそうな。たまたま近くの畑で里芋を掘っていた。それで目にしたのである。

嶋津はそれが医者だと察した。

「あの下男の野郎」

嶋津が最初に寮を訪ねたとき、不審ならば屋敷を調べろと言った。すでにいないからそう言ったと考えたが、はったりだったことになる。

ただどこの医者かは分からない。医者も駕籠舁きも、近くの者ではないだろう。そして今日になっても、盗賊の二人がまだ寮にいるかどうかは分からない。寮を見張っている者はいなかった。

近所の者には、併せて寮から男二人が出る姿を見てはいないか尋ねた。もちろん二人で出るとは限らないから、見かけない者が出入りしていなかったか訊いた。

「客らしい、商家の旦那みたいな人は入りましたよ」

それではなさそうだ。

嶋津は、六助という中年の手先を含めた数人で、交代で寮の見張りをさせることにした。

「日頃どういう者が出入りしているのか」

近くの道で子守りをしていた老婆に尋ねた。

「おおむねは、お客さんじゃないですかね。夜に酒宴をしていることは、ままありますからね」

顧客の接待ならば、分からなくはない。しかし杵屋は雑穀屋だ。そこまで接待をする客がいるかは、疑問だった。

それから嶋津は、杵屋の店がある浅草花川戸町へ行った。近くではないが、杵屋がよく見える場所に立った。

間口五間の、どこにでもありそうな雑穀屋だった。裏店住まいの者は、米に交ぜて嵩増しするために粟や稗を買い求めてゆく。家畜の餌にもする。商家でも、奉公人に食べさせる米には、交ぜ物をする店は少なからずあった。

見ている間にも、数人の客の出入りがあった。

この辺りは、嶋津の町廻り区域ではない。担当の定町廻り同心に訊くと、界隈の地回りでもあると知った。どうりで路地から、荒んだ気配の若い衆が何人が出てくるのを目にした。

賭場も持っているが、折々場所を変えるので、取り締まりはできていないとか。

店の中も、それとなく覗いた。主な商い品は雑穀だが、米や麦も売っていた。すでに主人の歌左衛門や番頭作造の顔は検めていた。

嶋津はまず裏通りに出て、目についた長屋の木戸門を潜った。井戸端には何人かの女房がいて、何か声高に話をしていた。笑い声も上がった。

その女房たちに、旦那衆や博奕好きが行く賭場はどこかと問いかけた。

「博奕のことなんて、あたしたちに訊いても、しょうがないですよ」

知るわけがないという顔をされた。他の女房たちも頷いている。参考になる情報は得られなかった。

ただ四軒目の長屋で、待っていた発言を得られた。

「亭主の親方が、杵屋の賭場に出入りしていると聞いたことがあります」

若い左官職の女房だった。

親方は、藤助という同じ町に住む者だった。今日の仕事場は菊屋橋に近い行安寺だというので、行ってみた。初老の親方ふうと若い職人数人が、庫裏の壁の修理をしていた。

藤助を、人気のないところへ呼び出した。

「おめえ、ご法度の博奕に手を出しているそうだな」

あえて脅す言い方をした。

「いえ、そんなことは」

慌てた様子で、藤助は返した。

「隠さなくてもいい。おれはそれを咎めるつもりでここへ来たのではねえぜ」

わずかに言い方を緩めた。

「どういうことで」

慎重な口調で問いかけてきた。

「杵屋の賭場の場所を教えてもらおう」

正直に答えれば、出入りしていたことについては知らぬふりをするし、藤助から聞いたとも口外しないと話した。

「浅草山谷町の倉庫です」

やや間をおいてから、ぼそりと言った。

奥州街道で浅茅が原に近い町だ。そこには杵屋の穀物が置かれているそうな。寮とは、四半刻で往復できる。

「寮へ行ったことがあるのか」

「一度だけ」

「何をするのか」

「お得意が集まって、勝負をします。倉庫の賭場ではないので、酒と料理が出ます」

旦那衆が楽しむから、掛け金も大きくなる。寺銭もたっぷり入るだろう。

「そこへカモを連れ込むこともあるようです」

「なるほど。では三十半ばの人相のよくない二人組が、客に来ていることはないか」

二人の体つきについても話した。

「まあ。堅気の商人でなければ、人相のいい人はあまりいませんね」

とやられると、頷くしかなかった。

四

翌朝、仙台堀の北河岸から、人足たちの掛け声が響いてきた。晴天の空に吸い込まれてゆく。伊勢崎町の米問屋岩城屋に、早刈りの新米が届いたのだ。

荷下ろしの様子を、集まった野次馬が見ている。小僧に知らされた善太郎も、対岸からその様子を眺めた。

「いよいよ、新米が届く頃になったんだなあ」

同じく対岸から荷下ろしのさまを眺めていた、職人ふうの若い衆が言った。新米の到着は、米商人でなくとも心浮き立つものがあるようだ。一緒に眺めている仲間らしい男たちが頷いた。

「でもよ、去年よりもずいぶん遅いし、量も少ねえんじゃねえか」

「そういえばそうだな。荷が届いているのは、あそこの店だけだ」

他の者たちが続けた。仙台堀の南北の河岸にはいくつも船着場があり、何軒もの船問屋があるが、新米が入荷した店は今日が初めてだった。

羽前屋では、まだしばらく先だ。他の店も、たいていのところがそうだ。大黒屋や打越屋だけでなく、他の店からも善太郎はそういう情報を得ていた。

「岩城屋では、入荷した新米は一石銀八十五匁をつけるそうです」

対岸まで様子を見に行った久之助が、戻ってきて善太郎に耳打ちした。顔見知りの岩城屋の番頭に、訊いてきたのである。

「なるほど、予想よりも値上がりしているな」

瑕疵のない早刈りの新米だから、当然それなりの値はつくだろうと見ていたが、それよりも高かった。

「はい。それでも新しいもの好きの江戸っ子は、銭さえあれば買うでしょうね」

さらに上がるだろうと、久之助は言い足した。

「入荷が少ないから、なおさらだな」

「まったく。初鰹のようです」

少し大げさだが、買い手の気持ちとしてはそれだろう。

仕入れ先の村の罹災具合が、米の仕入れ量に影響する。岩城屋の仕入れ先の村は上州だが、野分の進路からは離れていた。

善太郎は昨日大黒屋へ行って、角次郎や居合わせた打越屋銀兵衛と三人で話をした。向こう一月余りの新米の入荷量は、江戸全体では例年の四割減くらいではないかと予想した。各地の情報が入るたびに、予想がずれる。ただ近頃は状況がはっきりしてきたとも感じていた。

店に戻ってしばらくすると、出かけていた茂助が帰ってきた。大川の向こうまで行って、今日の古米の値を検めてきたのである。

待っていた報告だから、善太郎とお稲、久之助の三人は奥の部屋で聞いた。

「古米は、ほとんど店頭に出ていません。一石あたり銀二十六、七匁としていますが、売り切れとなっています」

「なるほど。あるところでは、さらなる値上がりを待っているのでしょう」

久之助が返した。

「小僧に、それとなく古米の在庫について聞いてみました。ないと答えましたが、後ろめたそうな顔をする者はありました」

「嘘をついているからだな」

「そうでしょう。まだまだ値上がりをしますね」

「うむ。値が上がると分かっていて、慌てて売る者はいないだろうからな」

「いつもの年ならば、新米の入荷で忙しないときなのに」

善太郎の言葉に、お稲が続けた。

そこへ小僧が、客が来たと声をかけてきた。先日古米を買いに来た、浅草花川戸町杵屋の番頭作造だそうな。

「なかなか、しぶといですね」

久之助が言った。前には主人が来て、三百俵買いたいと言ってきた。一石について銀二十四匁まで出すと告げた。一儲けしようという腹が、見え見えだった。

「よし。私が相手をしよう」

どう出てくるか、直(じか)に話してみたかった。

「先日は、ご無礼をいたしました」

慇懃(いんぎん)に頭を下げた。今回も、古米を分けてほしいという話だった。

「杵屋さんでは、すでにずいぶん仕入れたのではないですか」

と言ってみた。

「いえいえ、それほどでも」

動じることもなく、首を横に振った。仕入れていないとは言わない。すぐに切り出した。

「千俵を、一石につき銀三十匁でいかがでしょう」

「ほう」

値上げをしてきたのは分かるが、千俵というのには驚いた。野分の前ならば、手を打っていた。

「いや、それほどの量はありませんよ」

「そうでしょうかねえ」

こちらにある総量が、分かっているような口調だった。

「それにしても杵屋さんは、米商いではないのでは」

疑問を伝えた。どのような返答をするか、注視した。

「新米不足の折でございますのでね。少しでも皆様のお役に立ちたいと存じまして」

困るどころか、笑顔を見せて言った。

狸め、とは思うが口には出さない。古米を買うこと自体は不法ではなかった。

「いずれにしても千俵とは」

ないと伝えたつもりだった。

「では、一石銀三十二匁では」

こちらの反応にはかまわない。この値ならば、迷うことはないだろうといった口ぶりだった。

「なるほど」

大黒屋と羽前屋が、打越屋から仕入れたときの値だ。これならば損失はない。向こうの企みがどうであれ、心が動いたのは確かだった。

しかし乗るわけにはいかない。先日の野分で状況が変わった。新米の入荷量は増やせない。顧客に分けなくてはならない品だ。

杵屋は本業でもない米に手をだし、阿漕な儲けをしようとしている虞があった。

「お引き取りいただきましょう」

きっぱりした声になった。

「さようですか。銀三十二匁というのは、破格の値だと存じますがねえ」

ここで慇懃だった作造の態度が変わった、ふてぶてしいものになった。怒りともとれる眼差しを向けてきたが、すぐにそれは隠された。

「ではまた」

慇懃に頭を下げ、引き上げて行った。

善太郎は店先まで出て、通りを歩いて行く後姿を目で追った。店からやや離れたところで、使用人らしい男が二人待っていて合流した。二人は商人というよりも、地回りの子分のようにも感じた。

姿が見えなくなったところで、子守りのお咲が姿を見せた。子どもでも厳しい表情だ。

「今帰った人の子分の一人が、前に倉庫を探っていた人です」

「やはりそうか」

杵屋は羽前屋が持つ古米の量を知り、目をつけていると察せられた。

五

お波津は、怖い思いをした。嘔吐しそうな手拭いで口をふさがれ、押さえつけられた恐怖は忘れない。新太郎が、とんでもないやつらと付き合っているのは明らかだった。

賭場での百両の借金は、嘘ではない。伊多次という男は、欲望の塊といっていい腐った性根の持ち主だが、口にしたことは嘘ではないと思った。嘘をつけるほどの知恵もない。

何であれ新太郎は、きわめて厳しい立場に立たされていることは明らかだった。

「どうしたものか」

怖い思いをしたからといって、それで怯んではいられない。ただ銀次郎に伝えるのは躊躇われた。

「どうしてそんなことが気になるのか」

と問われたら、返答のしようがない。しょせんは他人事だ。

ならば打越屋銀兵衛にとも考えたが、おせっかいと思われそうだ。とはいえ、そのままにすることもできなかった。

そこでお波津は、お民に直に伝えることにした。腹を決めるのには半日かかった。余計なお世話だと言われればその通りだが、伝えておく必要はあると思った。聞いた上でどうするかは、お民が決めることだ。お波津がどうこうできるものではない。

「もしかしたら、もう知っているかもしれない」

とも考えた。

一度腹が決まると、じっとしてはいられない。大黒屋を出て、京橋金六町へ行くことにした。

大黒屋の店では、銀次郎が帳場で算盤を弾いていた。滑らかな珠音が、店の中に響いている。目に馴染んだ光景だが、もうじきそれも見られなくなる。これでいいと思ってはいるが、つんと胸にくるものはあった。

足早に歩いた。

お波津は澤瀉屋の店の前に立った。少し心の臓がどきどきした。

お民はなぜ自分がそんなことを告げに来たのかと、不審に思うかもしれない。そのときは、新太郎とお民が一緒にいるところを見かけたことと、その新太郎が別の日に遊び人ふうと歩いているところを見かけて調べたことを、正直に伝えようと思った。

顔見知りの小僧に声をかけて、お民を呼び出すことはたやすい。けれどもぐずぐずしてしまった。

ようやく店の前に出てきた小僧に声をかけようとしたところで、店の横の路地からお民が出てきた。お波津がいることに気づかず、そのまま河岸の道を歩き始めた。周囲には目を向けなかった。

きっとした表情は、これまで見かけたことのないものだった。

お波津は声をかけようとしたが、機会を失してしまった。お民は急いでいる。胸にひらめくものがあって、お波津は追いかけることにした。行った場所は、前にお民と新太郎が二人で会っていた三十間堀(さんじっけんぼり)の船着場だった。お民は河岸の道から駆け降りた。船は停まっておらず、船頭らの姿はなかった。

新太郎だけが、立っていた。

お民は、新太郎から一間ほどの距離を置いて立ち止まった。わずかに体を強張(こわば)らせたように感じた。河岸の道から見下ろしているお波津には、表情は見えない。背中が寂しそうに感じたのは、新太郎の事情を察しているからか。

お波津の位置から、新太郎の顔は見えた。この前と違って、今日は口元に笑みを浮かべていた。けれどもそれは、作り笑いだと女の勘で分かった。

お民が何か言い、新太郎が答えている。面白くないことを言われたのかもしれない。顔から作り笑いが消えた。とはいえ怒ったわけではなかった。

そしてお民の話が済むと、新太郎が話を始めた。初めは何を言っているのか見当もつかなかったが、途中で頼みごとをしていると気がついた。

お民は渋っているらしい。しかし新太郎は話し続けて、お民は押し切られたらしかった。頷(うなず)いたのが分かった。

そして今度はお民が何か言って、新太郎は面倒くさそうに頷いた。その様を見て、お波津は、お民にはまだ未練があるが、新太郎の方は気持ちが離れていると察した。

二人は四半刻(しはんとき)も一緒にいないで、河岸道に出て別れた。お波津は、道端の天水桶(てんすいおけ)の陰に身を隠した。

京橋側方面へ歩いて行く新太郎を、お波津はつけた。

二人の逢引(あいび)きは、お民を幸せな気持ちにしなかった。そこでお波津は、自分の話を今お民にするのは酷だと感じた。

新太郎は、お民に何かを頼んでいるようだった。どのようなものか知るよしもないが、すでに気持ちの離れた女に、作り笑顔で何かを頼んだ。ろくな頼みごとではなさそうだ。この後でどうするのか確かめてみたかった。

新太郎は、三十間堀河岸の道を北へ歩いて、楓川河岸へ出た。北紺屋町の若狭屋へ帰る道ではない。誰かに会うのだと察した。

日本橋川に架かる江戸橋の手前まで来た。新太郎は、江戸橋蔵屋敷手前にある稲荷(いなり)に足を踏み入れた。狭い稲荷だが、七、八歳くらいの男児数人が、声を上げながら遊んでいた。のどかな昼下がりといってよかった。

その祠(ほこら)の脇に、新太郎は立った。参拝はしないで、周囲に目をやった。誰かを待っている。お波津は、掃除用具をしまうような小さな建物の陰に身を置いて、様子を窺(うかが)った。

待ち人は、すぐには現れない。四半刻ほど待たされたところで、ようやく商家の番頭ふうが現れた。

その顔を見て、お波津は声を上げそうになった。見覚えのある顔だった。古米を買いに来た、杵屋の番頭作造である。二人で、立ち話を始めた。

大店(おおだな)の若旦那(わかだんな)でありながら、新太郎の方が下手に出た話し方に見える。作造の表情には、凄味があった。大黒屋へ古米を買いに来たときとは、別人のようだ。商人(あきんど)ではなく、地回りそのものの顔つきであり姿だといえた。

二人が話をしたのは、短い間だけだ。二人は境内から出て、それで別れた。

「何か、企みごとをしている」

お波津が思ったのは、それだった。すぐに金六町へ向かった。

澤瀉屋へ行って、小僧にお民を呼び出してもらうように頼んだ。もう躊躇う気持ちはなかった。

「お民さんは、出かけていてまだ戻りません」

小僧は、そう返してきた。行き先は分からない。

六

新太郎と別れた後、お民は上菓子屋へ行って、餅菓子を二包み買った。大黒屋と銀次郎に渡すためだ。永代橋を、東へ渡った。

銀次郎は、もう店の帳場へ入れるようになった。そのことは、桐箱に入った練羊羹を持ったお波津が澤瀉屋に訪ねてきて知らされた。とはいえ、完治したわけではない。そのときには、銀次郎が改めて店に挨拶に来ると言っていた。

今日は、見舞いという形で訪ねるのである。

快癒の報を耳にして、お民は嬉しかった。銀次郎の役に立てたのは、何よりだった。銀次郎の背中には、火傷の痕が残っている。それは子どもの頃、汐留川の土手で花火遊びをしたときに、お民がつけたものだ。

夏の夕べ、関東米穀三組問屋の株を持つ家の子どもたちが集まった。男児は男児同士で、女児は女児同士で遊んでいたが、お民は転んだ隙に手にあった花火を飛ばしてしまった。その火薬が、たまたま傍にいた銀次郎の背中に張り付いた。

銀次郎はすぐに手当てを受け、お民は己の不注意を詫びた。しかし後になって、その折できた背中の火傷の痕は、一生残ると知らされた。

お民は自分を責めて、改めて謝りに行った。

「自分が間抜けだから」

罵声も覚悟したが、銀次郎から返ってきた言葉がそれだった。ほっとしたが、以来負い目になった。

だから銀次郎が斬られて家へ運び込まれてきたときは、精いっぱいの看護を行った。端からはどう見えたか分からないが、自分としては幼い頃に受けた恩を返すような気持ちだった。

怪我をさせた幼馴染への情といったもので、恋情とは違っていた。

銀次郎が子どもの頃は、気弱で頼りない気がした。話をすることもめったになかったし、気にも留めないで過ごしていた。同じ幼馴染の中でも新太郎の方が、はるかにしっかりしていて覇気があった。

人の体を傷つけてしまったとめげていたときに、最初に慰めてくれたのが新太郎だった。

「あのときは、私も見ていた。あれはあいつが、うっかりしていただけだよ」

その後も、事につけ心休まる言葉を貰って嬉しかった。逞しいと感じた。

思い起こすと、二人だけで会うようになったのは十六歳のときからだ。お民も子どもとはいえない歳になっていた。心に響く言葉を貰っていれば、いつしかただの幼馴染ではなくなる。

新太郎に呼び出されるのが、嬉しかった。たわいのない話をするだけでも、胸がときめくようになった。

「好きだぜ」

と一年前に言われて、体を許した。この頃は、博奕に嵌っていたことなど知らなかった。仕事はきちんとしているように見えた。

「私が若狭屋を継いだら、もっと店を大きくしてやる」

口では頼もしいことを言った。ただ聞こえてくる評判は、弟の新次郎（しんじろう）の方がやり手で、兄は商いに身が入らないというものだった。

二人で会って、出会い茶屋へ行く。新太郎は、酒を注文した。

「仕事があるのに、大丈夫なの」

外はまだ明るい。こうして会うことでさえ気が引けるのに、酒を飲むのはまずい気がした。

「なあに、かまいやしない」

少しずつ、正体が見えてきた。ただそれでも、性根までが腐っているとは思わなかった。

「昼間からお酒を飲むのは、やっぱりまずいでしょ」

と返した。飲んだときは、体に触れさせなかった。すると不機嫌な顔になった。腹を立てて、帰ってしまうときもあった。

近頃、自分とはすっかり気持ちが離れてしまったと感じる。いつの間にか、出会い茶屋へ誘われることもなくなった。ただ自分の新太郎への気持ちが、醒（さ）めてしまったわけではなかった。

女か、他の何があるのかは分からないが、新太郎の身に何か起こっているのは確かだ。好ましいことでないのは感じている。また新太郎の米問屋仲間での評判も、近頃は悪くなるばかりだった。

「ありゃあ、商いに身が入っていない。若狭屋は、弟の新次郎に任せる方がいいのではないか」

「そのようで」

父親と番頭が話をしているのを耳にした。そうなると、新太郎との縁談はもうないだろう。

そんな折に、父親から打越屋へ嫁に行かないかと告げられた。逆らう気持ちにはならなかった。銀次郎と添うことは、嬉しくはないが嫌ではなかった。親が喜ぶならば、それでいいと思った。

これで新太郎との関わりに踏ん切りがつくならば、それも一つの手立てだと思った。額は知らないが、高額の借金があるのではないかという気がした。新太郎は、何かに怯えている。

ただ何であれ、立ち直ってほしいという気持ちは強かった。

今日、珍しく新太郎から呼び出された。何を言い出すのかと胸が騒いだ。別れ話ならば、何も言わずに受け入れようと思った。

その覚悟は、もうできていた。

ところが会ってみると、様子が違った。気持ちが悪いくらい優しかった。

「私は、商人としてもお民さんともやり直したいんだ」

と言った。どこまで本気かは分からない。ともあれ話を聞いた。

「この間の野分で、どこの問屋も新米の仕入れが厳しくなった。私は若狭屋で、古米の仕入れを受け持つことになった」

少なくとも四、五百俵、できれば千俵仕入れたいと告げた。それができれば、軽く見ていた店の者たちを見返してやれると付け足した。

古米が見直されているのは、確かだ。澤瀉屋でも同様である。新太郎がそれをできれば、これまでのことは、帳消しになるかもしれないとお民は思った。

「でもどうやって、それをするの」

「どうやら大黒屋にはあるらしい。あるならば、そこから仕入れたい」

そういえば看護をしていたとき、銀次郎が古米の在庫を抱えているというようなことを口にしていた。

「大黒屋には、どれほどの在庫があるのだろうか。それはどこに置いてあるのか。いくらならば売るつもりなのか」

そういうことを、銀次郎から聞き出してほしいという依頼だった。

「ならば自分で行けば」

それこそが商人の仕事だ。やり直すと言うのならば、誰かに頼むのはおかしい。まだ甘いと感じた。

「もちろん、私が行くさ。でもね、その前に大まかなことを聞いておいてくれたら、商いはやりやすい」

「………………」

「ぜひ頼むよ。銀次郎には、看病をしてやったそうじゃないか。だから何でも話すと思うんだ」

訊くこと自体は、わけのない話だ。ただ新太郎が、商いのことでここまで熱心に頼みごとをするのには違和感があった。今までさんざん手を抜いてきた者が、いきなり商いに気持ちが向くだろうか。

ただ「やり直すため」と告げられると弱かった。自分を利用しようとしているだけだと分かるが、それでもむげにはできない。初めての男だと思うからか。ならば自分は弱い。

お民が大黒屋へ行くと、銀次郎は店の帳場で商い帖（ちょう）を広げ算盤（そろばん）を弾（はじ）いていた。立派な商人に見えて、少し怯（ひる）んだ。

お波津の姿はなかったが、角次郎やお万季（まき）は気持ちよく迎えてくれた。土産の品を渡し、銀次郎の見舞いだと告げた。

客間に通された。二人だけで向かい合った。

「ごらんのとおり、もうすっかり元に戻りました。お民さんのお陰です」

屈託のない口調だった。笑顔に救われた。

「この人は、不思議な人だ」

とお民は思った。新太郎は会いたいと思っても、会えばひりひりした気持ちになる。銀次郎は会いたいと特に思わないが、顔を見て声を聞くと安心する。

何が違うのか、分からない。

少しばかり互いの話をしてから、お民は古米について尋ねた。

「ええ。売れなくて困りましたがね、野分のせいで状況が変わりました。でも大黒屋は、それで大儲（おおもう）けしようとは思っていません」

米高で困るのは町の者だから、値はそれなりのところで抑える話になっていると続けた。

高値でも、一度に大量は売らない。困った小売りに、数俵ずつ適価で売るつもりだと言った。大黒屋は、まともな商いをする店だと感じた。

商いのことは、お民にもある程度は分かる。

銀次郎は、在庫の具体的な数字は口にしなかった。それは商人として正しい。自分は大黒屋とは縁のない米問屋の娘だ。

「どこに納めているのですか」

「竪川河岸にある店の倉庫です」

店の裏手にも倉庫はあるが、そちらには納めていないとか。

「ありがとう。銀次郎さんは、立派な商人になりましたね」

先ほど帳場で見かけた姿も頭に入れながら言った。

「いやあ」

照れくさそうに言う姿は、昔のままだった。

大黒屋を出た後で、小僧に竪川河岸の倉庫はどこかと訊いた。そしてその場へ足を向けた。

大きな倉庫だった。千数百俵は入りそうだった。倉庫の番人がいたので問いかけた。

「米は、どれくらい入っているのですか」

「ほぼ満杯だよ」

それならば、少なくとも千二、三百俵はあるだろうと予想がついた。

七

日本橋南茅場町(みなみかやばちょう)の米問屋に新米が届いて、船着場や河岸の道が賑(にぎ)わっている。荷船から米俵が降ろされてゆく。

例年よりも遅いが、それだけに町の者からは歓迎の気持ちが伝わってきた。

入荷のさまを目の当たりにして、町の者たちは安堵(あんど)したのである。新米の入荷が遅くなればなるほど、米価は上がる。

「米の値が上がると、他のものの値までが上がり始めるからな」

「まったくだ。いつもならば、今頃になれば、新米は次々に届いていたぜ」

「やっぱり、稲は野分にずいぶんやられたんだろう」

「怖い怖い」

棒手振(ぼてふり)が何人か集まって、話をしているのを嶋津は耳にした。町の者は、米の入荷量に関心を持っている。その多寡が、自分の暮らしに響くからだ。

町廻りを早めに済ませた嶋津は、一升の灘の下り酒を買うと、八丁堀に住まう北町奉行所の元定町廻り同心八十村乙兵衛を訪ねた。四年前に隠居して、今は倅が後を継いでいる。

北と南で奉行所は違うが、屋敷が近かったので、いろいろと世話になった。探索についての助言も貰った。

「ちと、話を聞きたいことがありましてね」

酒徳利を差し出すと、八十村は相好を崩した。

「何でも訊け」

六十を過ぎても、矍鑠としている。

嶋津は、一枚の似顔絵を差し出した。これは金を奪われ付け火をされた常総屋の小僧太吉から、絵師が特徴を聞いて拵えたものである。怪我をした、小柄の方だ。

三十半ばの年齢で、悪相になっている。

「先日の付け火の、片割れです」

事件の概要と、これまでの探索の結果をすべて伝えた。常総屋は、倅が商いを続けていることも言い添えた。

二人の盗賊について、身元をはっきりさせるために八十村を訪ねたのである。二年前にも、二人組の盗賊が四谷（よつや）と蔵前（くらまえ）で、米商いの商家を襲い金を奪った。人を殺した上で、逃げるにあたっては、付け火もした。

中背だががっしりした体つきの男と、小柄で俊敏な男の二人組であることは分かっていた。殺されなかった奉公人が、その姿を目撃していた。

四谷と蔵前の事件のやり口は、常総屋襲撃と同じだ。最初に話を聞いたとき、嶋津はすぐにそいつらだと感じた。

乱暴なやり口は、他の盗人（ぬすっと）仲間でも評判だったらしい。それらの情報も含めて、月番だった北町奉行所では、念入りな探索を行った。

明らかになったのは、弥平次（やへいじ）と萬蔵（まんぞう）という島帰りの者だということだった。二人の顔は、蔵前の米屋を襲った際に目撃されている。どちらも御蔵島（みくらじま）に流されていたが、八年前の恩赦の際、同じ船で江戸に戻された。

この二人の捕縛や、島送り、島からの帰着の折に関わったのが八十村だった。探索および事務は、月番の北町奉行所が行ったので、南町奉行所の嶋津は関わっていない。

「どうれ」

八十村は似顔絵を手に取って、描かれた男の顔に見入った。

小柄な男だと伝えているので、対象は萬蔵となる。ずいぶん丁寧に見た。

「やつの顔を最後に見たのは、八年前だ。八年たてば、このような顔になるであろうな」

絵から目を離して言った。

「では萬蔵に違いないと」

「おれはそう思うよ」

さらに弥平次と萬蔵の、詳しい体つきについて聞いた。それも常総屋の奉公人から聞いた話と重なった。

これで常総屋襲撃は、弥平次と萬蔵だと考えてよさそうだった。歳は今なら、弥平次が三十七で、萬蔵が三十五となる。

「弥平次と萬蔵は上州無宿だそうですが、前からの知り合いだったのでしょうか」

一応記録の文書に目を通した上で、嶋津は問いかけている。

「いや違う。弥平次は前橋城下の地回り米問屋の次男坊だった」

「すると米商いについての知識が、あったわけですね」

「そういうことだ」

もともと傲慢なところがあり、些細なことで喧嘩をして町の者を傷つけた。城下にいられなくなって、店の金を持ち出して江戸へ出てきたのだそうな。

「それで実家の店は」

「潰れたと聞くが」

苦い顔になって八十村は答えた。

「萬蔵は、新田郡の水呑の三男か四男だった。食えなくて、村から逃散してきた。江戸の暮らしに、あこがれたようだ」

「しかし、思い通りにはいかない。まずは小さな悪事に手を染めて、いつの間にかいっぱしの悪党になっていたというわけですね」

「まあ、どこにでも転がっていそうな話だ」

どちらも無宿者だ。それぞれ別の罪を犯して、同じ御蔵島へ流された。

「では、向こうで知り合ったわけですね」

共に上州育ちだ。島の暮らしは過酷だから、二人はつるんで暮らしたのだろうと察せられる。

島暮らしの過酷さは、冤罪で八丈島へやられた角次郎から聞いた。

「弥平次は、初めは家から持ち出した金で派手に遊んだらしい。しかしな、吉原あたりで派手に遊んだら、十両や二十両などあっという間だ」

「まあそうでしょうね」

金を使い果たしてしまえば、江戸では今日口に入れるものにも困る。初めから銭のなかった萬蔵ならば、日雇い人足の仕事でもあれば御の字だったに違いない。それぞれ追い詰められた。

「弥平次は、賭場荒らしの仲間に入った。膂力はあったからな、地回りどもをしこたま痛めつけた。そして銭を奪った」

最初にうまくいって味を占めた。徐々に大きいところを狙ったが、相手も黙ってはいない。四軒目で、命運が尽きた。そこでは賭場の用心棒で命を失った者も出たらしいが、騒ぎが大きくなって捕り方が現れた。弥平次は捕らえられた。

こちらの方が、島に送られたのは半年早かった。

萬蔵は小柄でも機敏で気性は激しかった。また手先が器用だった。

「どこで身につけたか、錠前直しもしていたことがあったようだ」

金貸しの老婆を襲って、銭箱を奪った。九両と少しばかりの小粒が入っていた。老婆は大怪我をしたが、命は取り留めた。

「銭箱に十両なかったのが、幸いしましたね」

あれば死罪だった。

「力自慢と錠前直しが島で知り合い、江戸へ戻った」

「息の合った、盗人仲間になったわけですね」

「そういうことだ。片方が大怪我をしたら、治そうとするだろう。一人ではできない盗みでも、二人ならばできるわけだからな」

情ではなく、盗みが続けられるならば、仲間は捨てないだろうという読みだ。

「浅草花川戸町の雑穀問屋杵屋歌左衛門を知っていましたか」

「おれは、知らねえな」

調べの中で、杵屋は出てこなかった。逃げ込んだ杵屋と二人の盗賊がどのような間柄にあったかは、分からなかった。

八

八十村の屋敷を出た嶋津は、浅草花川戸町の自身番へ行った。杵屋歌左衛門と作造について、書役からはまだ聞き尽くしてはいないという気持ちがあった。

雑穀屋は表稼業で、実際は地回りの親分だと分かっていた。作造は、元は切れ者のやくざだった。ただ町で悪さをすることはなかった。

それについては花川戸町だけでなく、近隣の町の者からも聞き込みをした。雑穀や麦を市価よりも高い値で買わせ、その代わりに配下の者に町の用心棒のような役目をさせた。浅草寺門前の繁華な土地に近いので、得体の知れない乱暴者が現れることは珍しくない。その場合には、杵屋の用心棒の存在はありがたかった。

杵屋のお陰で町は丸く収まっていたから、書役も悪くは言わなかった。

「それなりの銭を受け取っているんじゃないですか」

と告げる者もいた。

また地回りの親分の多くは、ご法度の賭場を町内に持った。町の岡っ引きには、袖の下を与えて黙らせるのが普通だ。それをしないのは、他の場所に賭場を持っているということと、商いで阿漕な真似をしているからだと、想像できた。

ただ詳細は、分かっていない。今日はそこを、明らかにするつもりだった。

書役が口にする杵屋歌左衛門や作造についての話は鵜呑みにはしないが、はっきりした事実は曲げようがない。曲げれば書役は、町にはいられなくなる。自分は可愛いはずだから、嘘はつかないだろう。

「歌左衛門さんは、安房国長狭郡にある村の名主の三男坊でした。花川戸町に親の金で間口二間の雑穀屋の店を持ちました」

商い上手で、鉄火肌の男だったようだ。漁師町育ちで、気が荒かっただろうとは予想がつく。

店を開けた直後は、町の若い地回りとよく悶着を起こした。しかしどうしたかは知るよしもないが、いつの間にか仲直りして地回りの親分の娘といい仲になってしまった。

「それで歌左衛門さんが、義父の縄張りを引き継ぎました」

隣には海苔を商う店があったが、いつの間にか杵屋が沽券を引き取り店を大きくしていた。

「海苔屋は、商いが傾いていたのか」

「どうでしょう。そうとは思いませんでしたが」

「ならば、よほど手荒な真似をしたのではないか」

書役は困惑の顔をした。

「作造はどうか」

「あの人は、湯島切通町の裏店育ちで、後に浅草寺門前で粋がっていた十代のときに、歌左衛門さんに拾われたと聞いています」

町の者なら知っていることらしい。小僧から手代になる頃には、とげとげしさは消えていた。歌左衛門の片腕として、商いに力を入れるようになった。

「手荒な真似も、したのであろう」

「どうでしょう」

　書役は否定しなかった。

　ここまで聞いてから、町にいる者で杵屋に詳しそうな者の名を挙げさせた。

「その方には、迷惑をかけないぞ」

　と言い添えている。

　四人の名が挙がった。

　まずは葉煙草屋の隠居である。杵屋から四軒置いた表通りの店だ。

「歌左衛門さんには、お世話になっています。今となっては長いお付き合いになりました」

　良いことは口にしたが、それは表向きで、分かり切ったことしか聞けなかった。

　町内のものでは遠慮があると分かる。

　さらに三人に訊いたが、同じような印象だった。

　そこで隣町の山之宿町へ行った。ここでも自身番へ行って、長く住まう者を聞いた。

　表通りの経師屋である。初老の親方と話した。

「杵屋が賭場を持っているという話は聞いたことがありますよ」

山谷堀の先の浅草山谷町あたり。近隣の旦那衆は上手に遊ばせるが、余所者やお調子者からは搾り取るらしい。

「取り立ては厳しいと聞きましたよ」

「どれほどかね」

「娘を売らされるとか」

阿漕な高利貸しのやり口だ。

二軒目は、春米屋へ行った。ここの中年の主人に話を聞いた。

「あそこは雑穀屋ですけど、商いはそれだけではありません。繰綿や塩、下り酒など、値上がりしそうな品があるときには、買い占めますよ」

「米もだな」

「もちろんです。先の野分で、新米は不足しています。古米を買いあさっていると聞きました」

「どのくらい集めたか分かるか」

「さあ、そこまでは」

買い集めているならば、どこかの倉庫に入れている。自前の倉庫は店の裏手にあるというが、花川戸町では古米の話は聞かなかった。そこではないらしい。浅草川河岸には、貸倉庫はいくらでもある。

次に行った乾物屋と桶屋の主人は、当たり障りのない話しかしなかった。

五軒目の豆腐屋の主人は、杵屋の古米の買占めについて、向こうから口にした。

「町内隅田川沿いの信州屋という薪炭屋の倉庫に、古米を運び込んでいるのを見ました」

町廻りをして、呼び声を上げていたときである。

「倉庫の中は、どうだったか」

「ほぼ満杯でした」

場所を聞いて、早速行ってみた。

信州屋の倉庫は二棟あった。どちらも大黒屋の竪川河岸にある倉庫よりも大きかった。両方の戸には錠前がかけられていた。

番小屋があって、番人の老人が居眠りをしていた。

「この二つの倉庫に入っているのは、炭ではなく杵屋の米だな」

嶋津は番人を揺すり起こして訊いた。目を覚ました番人は、慌てた様子だった。

「そ、そうです」

「どちらも、満杯だな」

それぞれ千五百俵ほどが入っている模様だ。

「へえ」

「杵屋は、他にも倉庫を借りているのか」

「そういう話は、聞いたことがあります」

となると三千俵をはるかに超えた古米を集めていることになる。

「いつまで置くのか」

「それほど長くはないと思います」

老人が番人として雇われるのは、あと半月ほどだそうな。高値で売ったら、それで米商いは終えるという話だ。

「やり手じゃねえか」

と声が漏れた。ただ番人は、他の米をどこに置いているか知らなかった。

九

仙台堀河岸の岩城屋に今年最初の新米が届いた翌日、羽前屋の善太郎のもとへ上州上中森村の名主常右衛門から文が届いた。

「おお、来たか」

待っていた文だ。善太郎は早速封を切って、文字を目で追った。

無事だった稲はすでに刈り取り、倒された稲もおおよそ刈り取ることができた。しかし根ごと流されたものについては、どうにもならなかった。

通常村での収穫は天領分九百七十俵、前橋藩領分四十一俵で、下中森村は八百八十俵となる。利根川に接していない大輪村はおよそ百俵だが、二つの村よりも被害は少なかった。とはいっても、それなりにやられた。

上中森村では、まともな新米は半分ほどで、後は発芽米や芽腐米、茶米といったものになった。四公六民とはいっても、代官や領主はいいところだけを持って行ってしまう。それを嫌だとは言えない。

善太郎が江戸へ戻った後、郷方の侍が被災の様子を検めに来たとか。百姓を助けたりねぎらったりするためではない。完璧な米を、隠させないためだ。

『いやはや　手回しのよいことで御座候』

ぼやきの一文も入っていた。

上中森村の百姓の手元には、まともな米は一割ほどしか残らない。これは下中森村も同じだ。大輪村は両村よりは三割方ましだった。

「この分だと利根川沿いの村からは、入荷はあるにしても、問題のある米が大半になるぞ」

文は久之助や茂助にも読ませた。もちろん、仕入れる他の村からも知らせは届いていた。そのなかで最も酷かったのが、上中森村と下中森村だった。利根川の堤が切れたのが大きかった。

「古米がますます大事になりますね」

と茂助。久之助が算盤を弾いた。

「古米と傷米が、どの程度の値になるかにもよりますが、今年は間違いなく利益は減ります」

算盤の珠を見て、久之助がため息を吐いた。

「はあ」

茂助も浮かない顔だ。そして続けた。

「古米は、しばらく値上がりを続けます。ぎりぎりまで見計らって手放すという手はあります」

そうすれば、損幅を減らすことができる。商人としては、当然の考え方だ。

「しかしな、阿漕な真似はしたくないぞ」

これは善太郎の、商人としての矜持だった。

「そうですね」

久之助も茂助も頷いた。

ただ善太郎の仕事は、それで終わったわけではなかった。新米を卸す予定だった顧客に事情を説明し、理解を得なくてはならない。

「大嵐は分かっているわけですから、無茶は言わないのでは」

やり取りを聞いていたお稲が言った。

「そうだといいが」

「問屋や小売りだけが困るのではありません。お百姓も困っています」

一年の労が、一夜の大嵐で台無しにされた。たいへんなのはどこも同じだと言いたいらしいが、商いとなるとまず己の利を考えるのが人情だ。しかし先のことを考えれば、痛み分けができればそれが一番いい。

善太郎はまず、羽前屋で一番仕入れ高の多い小売りの店へ行った。店頭に積まれている米俵の数が、いつもよりも少ない。在庫が減っているのは、訊かなくても分かった。

各村からの知らせの大まかについて、主人に伝えた。

「困りましたねえ」

三十前後の固太りの主人は腕組みをした。年に三百六十俵を仕入れてもらっている。百俵ほどが、発芽米や損傷が軽微な芽腐米になることを詫(わ)びた。

「今年の状況では、仕方がないでしょう」

「まことに恐縮です」

「ただ被災した傷のある米でしたら、古米の方がありがたいですね。多少は高値になっても」

主人は言った。

胴割れ米などの屑米(くずまい)も、売れないわけではない。ただ商品価値は下がるから、扱うならばそれよりも古米の方がいいという考えだ。

同じようなことは、他の店でも言われた。長い付き合いの店だと、むげにはできない申し出だ。

この日、古米の値が一石銀三十八匁まで跳ね上がった。

「卸す量の多い顧客には、古米もまとまった数を分けましょう」

久之助は店に残って、現れた顧客の対応をした。善太郎が廻(まわ)った店と同じようなことを告げられていた。

「皆、さらなる値上がりとなる前に、古米を仕入れておきたいようだ」

「分かりますが、早い者勝ちで古米を分けてしまうわけにはいきません」

「売るのは顧客を一通り廻って、値が落ちついてからにしよう」

「そうですね」

久之助は頷いた。

損幅を減らしたいのはもちろんだが、少しでも利が出るならば、被災した村を支援したい気持ちもあった。

十

町廻りを済ませた嶋津は、昨日耳にした湯島切通町へ足を向けた。杵屋の番頭作造が生まれ育った町である。

湯島天神（ゆしまてんじん）脇の坂を下った北側の町で、不忍池（しのばずのいけ）に近い。湯島天神に参拝する者だけでなく、本郷（ほんごう）方面へ向からために通り過ぎる者が多かった。茶店や飲食をさせる小店が並んでいる。

湯島天神の杜（もり）が、色づき始めていた。柿の木が青い実をつけている。

嶋津は町の自身番へ行って、詰めていた書役と大家に、作造について問いかけをした。作造が町にいたのは、二十数年前までである。

「表通りの住人ならばともかく、裏店（うらだな）の者となるとねえ」

書役も大家も、首を傾げた。そんな大昔の話を今さら、といった顔だ。

「古い綴（つづ）りを当たってみろ」

と命じて、調べさせた。分かりませんでは終わらせない。睨（にら）みつけた。

「ああ、ありました」

指を嘗（な）めながら紙をめくっていた書役が、ほっとした顔で言った。

「庄兵衛（しょうべえ）店（だな）に住まう羅宇屋の大助（だいすけ）という方の次男坊ですね」

小さな文字を、目を細めて読んだ。大助は、十八年前に亡くなっている。子どもは四人いたが、どこでどうしているかの記述はなかった。

「どこかに、奉公に出たのでしょうが」

大家は言ったが、その行き先が分かるわけではなかった。

ただ庄兵衛店なる裏長屋はまだ残っていて、大家は昔のままだというので、住まいを聞いて訪ねることにした。

六十をはるかに過ぎた歳の大家は、痩身で見事な白髪だった。羅宇屋の大助と伝えても、すぐには浮かばないらしかった。

しばらく頭を捻ってから、ようやく声を上げた。

「大酒飲みの、大さんですね」

記憶が蘇ったようだ。

「酒飲みの上に乱暴者でねえ。おかみさんを困らせていましたよ」

大助は稼ぎを家に入れないので、女房は一日中働いていた。過労もあったのか、流行病に罹るとあっけなく亡くなってしまった。

「そのときは上が七、八歳くらいで、下は三つ四つでしたね。下の子は、年中泣いていました」

「大助は、子どもの世話をしなかったのだな」

「まあ。子どもたちはろくに食わせてもらえないので、かっぱらいみたいなことをして、腹を満たしていました」

見かねた長屋の者が、食べさせてやることも少なからずあった。ただ毎日四人を食べさせるのは、裏店住まいの者には厳しい。

「自分も食べなくてはなりませんからね」

子どもたちは、十歳にならないうちに、いつの間にかいなくなった。

「家にいても、父親には殴られるだけ。幼くても、家を出た方がいいと考えたのでしょう」

「最後に残った下の子はどうした」

「泣いて兄を捜していたそうですが、翌日には姿を見なくなったとか」

その後のことは分からない。

「父親の大助はどうなったのか」

「それは……、そうそう。冬の寒い日に酔って道端で寝込み、そのまま凍死しました。葬儀は長屋の者がしました」

「子どもは、亡くなったことも知らないだろうな」

「ええ。誰一人、訪ねてきたことはありません」

「作造について、覚えていることはあるか」

次男坊だから、下の子の世話を焼いたのか。

「詳しいことは覚えていませんが、面倒は見たようです。ですが自分も十歳にならない頃ですからね。できることには限りがあったと思います」

子どもなりに腕っぷしが強くて、近所の子を泣かして食い物を盗(と)ったという話を聞いたとか。

「作造と仲が良かった者はいないか」

「そうですねえ」

しばらく首を傾げたが、あきらめたように首を振った。名や顔が浮かばなくても、仕方がない。しかし横で話を聞いていた猫背の女房が、口を挟んだ。

「ほら、いたじゃあないですか。いつも一緒にいて、悪さをしていた子が」

大家のところでも、干していた大根を盗まれたことがあるとか。

「ああ、あの悪餓鬼か」

大家は思い出したらしい。甚太という浅蜊売りの倅だ。悪さをするときは、長屋の子の他の誰よりも甚太と組むことが多かったそうな。

「甚太は、まだこの長屋にいるのか」

「いえ。父親が亡くなる前に、ここを出ました。どこへ行ったか知りませんでしたが、半年くらい前に、出会った者がいました」

「どこでだ」

「甚太は、上野山下で矢場の番頭をしているとか」

上野山下は下谷町北側にある広場で、水茶屋や料理茶屋、見世物小屋や屋台店な

ど が商いをしている。もともとは上野山内の火除け地として、空き地に定められた

が、今では江戸でも指折りの繁華な場所となった。

山下には、矢場はいくつもある。嶋津は片っ端から当たった。

七軒目の矢場で、甚太と会えた。派手な着物をだらしなく着た女が、濃い化粧で客に酒を注ぎ、外れた矢を拾っていた。おもちゃのような矢で、的に当たると女がどどんと太鼓を鳴らした。

甚太は、いっぱしの地回りといった気配になっていた。

「ええ、作造ならば覚えていやすぜ」

さして考える様子もなく応じた。

「餓鬼の頃はひもじくて、かっぱらいをしました」

懐かしそうに笑って見せた。

「大家の干し大根を盗んだそうじゃあないか」

「そんなことも、あったかもしれやせんね。いろいろやったから、それは覚えちゃいませんが」

すぐに真顔になって、尋ねてきた。

「あいつ、何かしたんですかい」

興味を持った顔だった。

「まだ分からねえ。だから詳しいことは、言えねえ」

嶋津は釘を刺した。今、どこで何をしているか知っているかと訊いた。

「長屋を出て数年、会うこともなかったですがね、十六、七のときに、浅草寺の門前でばったり会いましたぜ」

このとき甚太は、すでに矢場にいたそうな。互いに懐かしくて、煮売り酒屋で酒を飲んだとか。

「あいつは、何をしていたのか」

「地回りの、子分の子分といった感じでしたね」

酒代は作造が払った。

「懐具合が、よかったのだな。何をしていると話したのか」

「何かして、儲けたとか言っていました。うまい話があるならば、おれにも乗せろと頼みました」

「何をしたのか」

「まあ、今となれば昔の話ですがね」

そう言って、甚太は嶋津の顔を見た。

「もちろん、昔話を聞きに来たのだ」

それでどうこうはないと告げた。

作造には、「兄貴」と呼ぶ二十二、三のやくざ者がいて、三人で賭場へ行った。兄貴は銭を持っていた。東本願寺に近い荒れ寺が賭場になっていた。

兄貴から目で合図された勝負には、大金を賭けた。種銭は預かっていた。儲かった分はすべて渡さなければならないが、丁半博奕自体は面白いように当たった。

「こりゃあいかさまだ」

客の誰かが叫んで、賭場は刃物騒ぎになった。

「兄貴も作造もあっしも、急いで逃げましたぜ」

三人とも、逃げ足は速かった。捕らえられることはなかった。兄貴からは小遣い程度しか貰えなかったが、賭場での騒ぎは面白かった。胸がすいた。

「じゃあ、また」

と言って、二月くらいしてから会った。どうやって、会う段取りを取ったかは覚えていない。

「そのときはあいつ、前とは違って、しょぼくれていました」

銭を貸してくれと言われたそうな。

「作造の、金離れのいい兄貴はどうしたのか」

「ええ、それは訊きました。そしたら兄貴は、悪さをして島流しになったとか。あんまりしょんぼりしていたので、百文だけ貸しました」

「銭は、返したのか」

「四月くらいしてから、返しに来やした。そんときは、小僧のなりでした。読み書きや算盤を習っていると言いました」

「堅気として奉公したわけだな」

「そうです。堅気の者になったら、付き合っても面白くありやせんからね。もう付き合うこともないと思いましたね」

どこの店かは口にしなかったし、こちらも問わなかった。

「なるほど」

年月の流れからすると、作造は杵屋歌左衛門に拾われた頃となる。

「その兄貴だが、体つきはどうか」

思いついたことがあって、嶋津は訊いた。

「小柄だったな」

甚太は首を傾げてから答えた。

「名は」

「あんときは、聞いたんだが」

「萬蔵ではないか」

こちらから言ってみた。

「そうです。そういう名でした」

嶋津は、腹の奥がじんと熱くなるのを感じた。ようやく、辿り着いた。これで杵屋と二人の盗賊が繋がった。

三十間堀町常総屋での犯行後、舟を出した弥平次と萬蔵は、浅草橋場町で上陸した。浅茅が原の寮を、杵屋のものと知っていて逃げ込んだのだと判断した。

十一

蔵前通りには、札差を始めとして米の問屋や小売りなど、米商いに関わる店が多い。この時季は、本来なら到着している新米の輸送で賑わうところだが、今年は遅くなっていた。

米商いの店を覗いても、どこか手持ち無沙汰だ。

善太郎は、札差羽黒屋へ行って、帳面を検めてきた。大黒屋と羽前屋では資金を出し合い、札差株を手に入れて、浅草瓦町に羽黒屋の店を出した。二つの店から一字ずつを取って、屋号としたのである。

主人は角次郎だが、善太郎も主人に次ぐ立場の者として商いに関わっている。三、四日に一度くらいの割では、顔出しをしていた。

その帰路、米商いの店を覗いて、古米の値を検めた。品切れとして出さないところもあるが、売っている店もあった。昨日は一石が銀三十八匁になっていたが、今日は銀四十匁に上がっていた。

ここまでくると頭打ちかと思えるが、まだ先のことは分からない。

「おや」

一丁ほど先に浅草御門の建物が見えてきたところで、善太郎は満載の米俵を載せて運ぶ荷車を発見した。二十俵以上積まれている。

俵を見て、新米でないのはすぐに分かった。

歩いていた者も気がついて、足を止めた。珍しいと思ったようだ。

「あんなにたくさん、どこに隠されていたんだ」

そんな声を上げた。

善太郎も気になったので、つけてみた。どこの店が買ったのか。手代らしい二十歳前後の者がついているが、店の屋号は分からない。

急ぎ足で進んだ先は、浅草駒形町の川に面した倉庫だった。荷を運んできた人足たちが、すぐに米俵を倉庫内に納め始めた。

見たところ二千俵は入りそうな大型の倉庫で、中を覗くと八割がたが埋まっていた。すべて古米で、千五、六百俵はありそうだ。

倉庫の番人に銭を渡し、どこの米か訊いた。

「花川戸町の杵屋さんですよ」

そこで引き上げる荷車の人足にも声をかけた。手早く銭を与える。

「あの米俵は、どこから運んだのですか」

「外神田佐久間町からだぜ」

日置屋という小売りの米屋からだそうな。

善太郎は、神田川北河岸の道を歩いて佐久間町に着いた。筋違橋と和泉橋の間になる町だ。

日置屋はすぐに分かった。間口は二間半で、どこか埃っぽい印象があった。通りに打ち水がされていないからか。繁盛しているとは感じない。

中を覗くと、中年の主人ふうが悄然(しょうぜん)とした様子で店の奥で座り込んでいた。小僧の姿はない。

「ごめんなさいまし」

敷居を跨(また)ぎ、土間に入った善太郎が声をかけるまで、主人は気がつかなかった。

「ああ」

顔を上げた。何か嘆いていたような表情だ。

「古米を売りましたね」

自分も米商いの者だと告げた上で、善太郎は問いかけた。

「はい。売れなくて困っていたものですが」

「では、よかったのでは」

とはいえ、少しも嬉(うれ)しそうではない。

「失礼ですが、いくらで売りましたか」

何よりも、これを聞きたかった。主人はわずかに迷った様子だが、口を開いた。

「一石が銀二十匁でした」

「ええっ。今の相場を、ご存じないのですか」

米商人(あきんど)としては、ありえない売値だ。

「知っていますよ。ですから儲けそこないました」

「どうしてまた、そのような商いを」

わけを聞いた。初めは渋ったが、安値で売らざるを得なかった鬱屈を、誰かに伝えたかったのかもしれない。

この店は昨年九月に、一石を銀八十匁で買った。まだ値上がりすると考えたが、手に入れた途端に値下がりをした。

高値掴みをしてしまったのである。もう少し値を戻してからと売り渋っているうちに、手放す機会を失してしまった。

「資金繰りに困りましてね、半月ほど前に杵屋さんから金子を借りました」

売れない古米のせいで、新米仕入れのための前金が用意できなくなった。新米を得たらすぐに売って、返済をするつもりだった。

借りるときの愛想だけは、よかったとか。

利息付きの返済は銭か古米のどちらかで、返済の際に杵屋が決めるというものだった。古米の値は、金を借りたときの値で、値上がりしようが値下がりしようが変わらない。

「その返済日が、今日でした」

「まさか大嵐で、新米の入荷がこんなに遅れるとは考えなかったわけですね」

「そうです。軽い気持ちで、申し出を受けてしまいました」

新米入荷の遅れで、みすみす儲かる品を持っていかれた。

「他で売るので、一日待ってほしいと頼んだのですけどね。有無を言わさず持っていきました」

杵屋は高利を得た上に、古米を安く仕入れてぼろ儲けだ。


帰路善太郎は、大黒屋へ寄った。銀次郎とお波津は留守だった。

角次郎とお万季に、羽黒屋と羽前屋の商いの状況と、古米の値が今日も上がっていることを伝えた。値上がりについてはすでに知っていて、顧客への対応については、善太郎と角次郎の考え方は同じだった。

「ただ新規で古米を買いに来た方からは、多少は儲けさせていただきましょう」

二番番頭の嘉助が言った。売り方を担当している。古米はまだまだ値上がりするという考えだ。

「阿漕にならないようにだな」

角次郎が返した。

そこへ嶋津が、久しぶりに顔を出した。角次郎と嶋津は幼馴染で、下谷車坂にある直心影流赤石道場で共に剣の腕を磨いた。今でこそ身分も立場も変わってしまったが、親しい付き合いを続けていた。

数々の場面で助けてもらった。

「久しぶりだな。どうした、面倒な事件に関わっていたのか」

角次郎は、しばらく訪ねてこなかったのは不満だというような言い方をした。常は来たからといって、大事な話をするわけではない。角次郎は下戸で、極上の下り酒を貰っても一滴も飲めない。酒好きの嶋津に飲ませることを、楽しみにしていた。

さっそくお万季が、酒の用意をする。

「まあな」

「何があったのか」

嶋津の話は商いに関わらないことでも面白いので、善太郎は耳を傾ける。

「おれは今、京橋三十間堀町の米屋であった盗賊を追っている」

「主人と手代を殺し、金を奪って付け火をして逃げた二人組の話だな」

同業が襲われた話だから、角次郎も善太郎も大まかなことは耳にしていた。米商いの間では、会えばその話をした。

事件の詳細と、ここまでの調べの結果について聞いた。その中で、杵屋歌左衛門の名が出てきたのには驚いた。善太郎と角次郎は、顔を見合わせた。

火付の盗賊の共犯、もしくは庇(かば)っている可能性だ。阿漕な商人だと感じてはいたが、そこまでとは予想もしなかった。

「杵屋は、古米を買いあさっている。大黒屋へも羽前屋にもやって来たぞ」

古米の値動きと共に、歌左衛門や作造が現れたときの様子を角次郎が伝えた。

「すでに、千五、六百俵はありそうで」

善太郎は、先ほど浅草駒形町の倉庫で見た模様を話した。小売りの米屋から持ち出した状況についても伝えた。

「なるほど。あやつらしいな」

嶋津はそう返してから、さらに続けた。

「おれの調べでは、町内隅田川沿いの信州屋という薪炭屋の倉庫に、三千俵余りが蓄えられているぞ」

「それは」

これには仰天した。併せれば四千五、六百俵になる。他にもあるかもしれない。

「杵屋は、この機に腰を据えて稼ぐつもりだな」

「少しでも高く売りたいでしょうが、大黒屋と羽前屋が安く売り出したら面白くないでしょうね」

角次郎の言葉に、善太郎が続けた。羽前屋の倉庫へ、古米の在庫がどれくらいあるか確かめに来た者がいて、それが杵屋の者ではないかと踏んでいることを付け足した。

「大黒屋も、どういう手を使ったかは分かりませんが、何らかの形で在庫の量を調べたのではないでしょうか」

「合わせれば、三千俵近い」

「そりゃあ面白くないどころではないぞ」

嶋津は角次郎の言葉に頷いた。

「高値で売ろうとしているところへ、安値の三千俵が出てはたまらないでしょうね」

杵屋が大黒屋と羽前屋へ、足を運んで買い取りに来たわけが分かった。

「杵屋は、どう動くでしょうか」

「じっとはしていないだろう」

善太郎の問いかけに、角次郎が頷いた。

第三話　倉庫の火

一

新太郎が杵屋の作造の手に落ちている状況を知ったお波津は、お民に知らせようと澤瀉屋へ行ったが留守だった。

河岸の道に立って帰りを待ったが、四半刻しても戻らなかった。

その間、道行く人たちに目をやりながらあれこれ考えた。耳に痛いことでも伝えたいが、百両という金高を考えると、お民に伝えるのはどうかと迷うようになった。話を聞いたところで、もはや娘が一人でどうにかできる額ではなかった。

こうなったら、若狭屋の主人十郎兵衛に伝えるしかないが、それをすれば新太郎は間違いなく久離となる。それはお民が望まないことだろう。

「どうしよう」

迷って、その日は大黒屋へ引き上げた。

けれどもそのままにはできない。お波津は、銀次郎（ぎんじろう）に話そうかとも考えた。銀次郎は恋情こそないらしいが、お民には世話になった。

何かしらの思いは、あるはずだった。

「でも」

それを話すとなると、お民と新太郎の仲について話さなくてはならない。打越屋（うちこしや）と澤瀉屋の間には、縁談がある。壊そうとしているようだと感じた。

人のいない台所で考え込んでいたら、銀次郎に声をかけられた。

「どうしたんです」

「いや、ちょっと」

戸惑った。事情を聞いた銀次郎が、どのような言葉を返すか聞くのが怖かった。

「話してみればいい」

向けてくる眼差し（まなざし）は優しかった。いつもと同じだ。それで腹が決まった。

お民は新太郎に恋情はあったとしても、自身に気持ちが向いていないことは分かっているはずだった。だからこそ、銀次郎と祝言を挙げるのを嫌がらなかった。

今は関わっているが、新太郎からもう会わないと告げられたら、お民はどうすることもできない。ただ新太郎を更生させるために、何とかしたいという願いがあるのは確かだ。

「だとしたら」

その気持ちは、自分の銀次郎への気持ちと似ている。添えない相手でも、放っておけない。

「私、若狭屋の新太郎という人とお民さんが、二人で会っているのを見たの」

「若狭屋の新太郎さんは、私も知っていますよ。子どもの頃に、遊んだことがあります」

逢引(あいび)きという意味で口にしたが、銀次郎がどう受け取ったかは分からない。新太郎とも幼馴染(おさななじみ)だったのなら、二人は幼い頃から親しくしていたのに違いない。

「新太郎さんとは、今も会うの」

「大黒屋へ移ってからは、一度も会っていません」

ならば今の暮らしぶりは、知らないはずだった。

「ちらと見ただけだけど、新太郎という人、少し変だと思った」

「どこがですか」

「何だか荒(すさ)んだ感じで、お民さんや銀次郎さんとは、違う人みたいな」

「…………」

銀次郎は困った顔をしたが、お波津はかまわず続けた。

「それで、後をつけたの」

なぜ後をつけたのかと訊かれたら、答えようがない。しかし銀次郎は、そこを問いかけてはこなかった。

お波津はあえてお民の恋情には触れず、新太郎に関して聞き込んだ内容のすべてを銀次郎に話した。とはいえ、伊多次の長屋で狼藉を受けそうになったことは伝えなかった。

危ない真似をしたことを知れば、なぜそこまでしてという話になるだろう。

銀次郎は、一つ一つ頷きながら最後まで聞いた。百両の借金のところでは、顔を顰めた。

「新太郎さんには、私が話しましょう」

少しばかり考えるふうを見せてから、銀次郎は言った。そして続けた。

「私も店の金で、大きな損害を出したことがあります。相場ですから、博奕のようなものです」

「それは新太郎さんのとは、ちと違うのでは」

「私もあのときは、慌てました。新太郎さんも、慌てているのでは」

それならば、そうかもしれない。

「何を話すの」

話して決着がつくとは思えない。余計なお世話だと、返されるかもしれない。

「あの人は、今度何かあったら、久離になるわけですね」

「はい。そうらしいです」

久離とは、親や親族から縁を切られることだ。犯罪をなす虞がある親族がいる場合、累を避けるために町奉行所へ届け出る。当人が改心をすれば、帳消しを願い出ることもできた。

「だから焦っているんだと思います」

「まあ」

「でもそれだけの金高になったら、よほどの悪いことをしなくては、取り返しがつかないでしょう」

それはそうだ。だからこそ作造などと付き合っているのだとお波津は思った。

「私は新太郎さんに、すべてをおとっつぁんに話せと言います」

「でもそれをしたら」

「おそらく、久離の話となるでしょう。けれども十郎兵衛さんは、鬼でも蛇でもありません。両手をついて謝り、心を入れ替えて働くと言えばいいのです」

「いや。それでは済まないのでは」

新太郎の博奕は、初めてではなさそうだ。

「弟の新次郎さんは、なかなか使える人だと聞いています。跡目を譲って弟を支えると話せば、本気が伝わります」

もう口先だけで精進するなどと言っても、どうにもならない。そういうはっきりした覚悟を、示さなくてはならないだろう。

「それで気持ちを伝えるわけですね」

「はい。ここまできたら、それ以外に手立てはありません」

その通りだと思った。ただ気になる。

「新太郎さんには、それができるでしょうか」

できないのではないかと、お波津は感じている。お波津が調べたかぎり、新太郎にはかなり傲慢なところがあった。問題は、弟の下に立つ覚悟を持てるかだ。

その覚悟を十郎兵衛が感じ取れば、百両を出した上で、店に残すのではないかと銀次郎は言っていた。

「やるしかないでしょう。やらなければ、あの人は悪事に手を出さないわけにはいきません。取り返しのつかない悪事なら、久離どころではなくなります」

「そうですね」

得心がいった。それ以外に手はない。お波津は、そういう考え方をする銀次郎を立派だと思った。

「私の言うことに、どこまで耳を貸すか分かりませんが話してみます」

「ありがとう」

「新太郎さんは、幼馴染ですからね。知らない人ではない。それにお民さんとは、前から仲が良かった」

その言葉を聞いて、どきりとした。今の二人の関係について、気づいているのではないかと思った。

「昨日、お民さんが見舞いに来てくれました」

それは昨日のうちに、お波津も聞いていた。新太郎のことを、お民は話題にしたのだろうか。

「早速、行きましょう」

「体は大丈夫ですか」

背中の怪我は、ほとんど治りかかっている。しかし好き勝手に体を動かしていい状態ではなかった。大川の向こうまで歩くのは無理だ。

「舟を使います」

「ならば、私も一緒に行きます」

一人では行かせられない。角次郎には事情を伝えた上で、二人は大黒屋を出た。

両国橋下の船着場で、人を乗せる舟に乗った。大川を越えて、いったん海に出てから京橋川へ入る。比丘尼橋下の船着場で降りた。

「若狭屋さんへは、何度か来たことがあります」

店の前に立った銀次郎は、お波津に顔を向けて言った。どうであれ話すべきことは話すという、決意の顔だった。

店内には新太郎の姿はなかったので、銀次郎は店先にいた小僧に名を告げて呼び出しを頼んだ。

「久しぶりだねえ」

待つほどもなく現れた新太郎は、親し気な笑顔で言った。お波津は、やや離れたところで立っている。他人のふりだ。どこの誰とも分からない娘が横にいれば、素直な気持ちで話を聞くことはできないだろう。

「どうだね。背中の具合は、よくなったかね」

新太郎は、銀次郎の怪我のことは知っていた。米商人の間では、知られた話だ。

「まあ、何とかね」

銀次郎は新太郎を、河岸道にある茶店へ誘った。緋毛氈の敷かれた一番端にある縁台に、並んで腰を下ろした。

銀次郎が、二人分の茶を注文した。

お波津は、別の客として茶店に入った。茶店は混んでいない。老夫婦と三人の娘が、団子を食べながらお喋りを楽しんでいる。お波津は銀次郎たちより奥にある縁台に腰を下ろした。二人の背中が見える場所だ。

新太郎は、古米の値上がりについて話をした。銀次郎はそれを聞き流して、声を落として問いかけた。

「私は新太郎さんに、考えてもらいたいことがあって来たんですよ」

生真面目な顔を横に向けて言った。新太郎の顔にあった作り笑いが、それで消えたのがお波津の位置からも見えた。

「何かね」

「博奕で、大きな借金を作ったそうだね。相手は浅草花川戸町の杵屋で」

責める口調にはなっていない。小さな声で、やっとお波津に聞こえる程度だった。

「えっ」

声というより、息を呑む音として聞いた。新太郎の背中が強張った。

「返済期限が、迫っているようじゃないか」

新太郎は銀次郎を見詰めているが、答えない。いきなり現れた幼馴染から、核心を突く問いかけを受けた。その驚愕があるのだと察せられた。

返事はなくても、銀次郎は続けた。

「とてもじゃないが、返せる額じゃあない。それならば、おとっつぁんに頭を下げるしかないよ」

お波津に話した考えを、新太郎に伝えた。跡取りの座を、弟に譲る話だ。そうしろと命じたわけではなく、自分の考えとして話した。

新太郎は驚きを隠さなかったが、銀次郎の言葉を遮ることもなく最後まで聞いた。聞き終わっても、否定はしなかった。ただ問いかけてきた。

「どうして借金のことを、知ったんだ」

「常盤町の、伊多次という人から聞いたんだ」

お波津が聞いたことだが、銀次郎は自分が耳にしたことにしていた。

「そうかい」

苦々しい顔になったが、それ以上は尋ねてこなかった。それよりも、自分の先行きの方が気になるらしかった。

お波津は新太郎がどこかで怒り出すのではないかと案じたが、それはなかった。自分が置かれている立場を分かっているからだと察した。

「昨日、お民さんが見舞いに来てくれたんだ」

「そうかい」

「あの人は借金のことは知らない様子だったけど、あんたのことは案じていた」

「なるほど」

わずかに顔を歪めた。嗤ったようにも感じた。

「どうかね。旦那さんに、話してみないかね」

銀次郎は、改めて口にした。

「そうだな。考えてみよう」

新太郎は答えると、縁台から立ち上がった。茶代は、新太郎が払った。

「それじゃあ」

逃げるように、新太郎は茶店から去って行った。

二

「新太郎さんは、十郎兵衛さんに話をするでしょうか」

お波津と銀次郎は、比丘尼橋下の船着場から舟に乗った。川面を滑り出したところで、お波津は言った。

二人の舟は、荷船を避けて進んで行く。

「そうですね。言わないかもしれません」

少し間をあけてから、銀次郎は答えた。お波津もそうだと考えた。

反発もしなかったが、胸に響いた様子もなかった。銀次郎はお民の話もしたが、新太郎は聞き流しただけだった。

「あの人は、自分のことしか頭にありませんね。しかも目先だけの」

銀次郎の案の他に、この場を凌ぐ有効な手立てがあるならばそれでもいい。しかしそれがあるならば、口にしただろう。

お波津は、胸に湧いた怒りが言葉になって出たのが分かった。

「なすすべもなく、誘われるままに悪さに加担をするのではないでしょうか」

作造のいる杵屋は、嶋津の調べでは盗賊の弥平次や萬蔵とも繋がっているとか。これは怖い。

「そうかもしれません。でも、もう一度は言えません。言っても、きっと聞かない。新太郎さんは頑固だから」

銀次郎は寂しげに漏らした。とはいえ、こうなるとは予想がついていたのかもしれない。

新太郎の人柄については、お波津よりも銀次郎の方が分かっているはずだった。けれどもそれでも、耳には入れておきたかったのだろう。

「お民さんは、どう思っているのでしょう」

と言おうとして、お波津は言葉を飲んだ。銀次郎は、お民と新太郎が恋仲だったことは知らないはずだ。昨日お民が訪ねてきて新太郎について何かやり取りがあったのかもしれないが、それを聞くわけにはいかない。

そのとき、どんと体に衝撃があった。二人が乗る舟が、荷船とぶつかったのである。舟が揺れて水飛沫が飛んだ。

「大丈夫ですか」

問われた。お波津の体を支えようとしたらしいが、伸ばしかけた手はすぐに引かれた。

「銀次郎さんは」

背中の傷が気になる。

「何事もありませんよ」

揺れは収まって、舟はさらに進んだ。艪の音が響いている。

前は、二人だけでよく出かけた。しかしもう、二人だけで出かけるのはこれが最後だろうとお波津は思った。

大黒屋まで、銀次郎を連れ戻した。舟が荷船とぶつかって揺れたが、他には何もなかった。怪我に支障がなかったのが、幸いだった。

それからお波津は、お民に会うことにした。このままでは、何もしないのと同じだ。

事実をきちんと伝えるべきだし、新太郎をどう思っているかも聞いておきたかった。新太郎への恋情を残して、銀次郎と祝言を挙げるのは止めてほしい。

再び舟を使って、金六町の澤瀉屋へ行った。

お民を呼び出した。お民は作り笑顔で挨拶をしたが、どこか表情に硬さがあった。

「ちょっと、お話がしたくて」

お民は頷いた。汐留川の人気のない土手へ下りた。荷船が、目の前を行き過ぎる。

「私、お民さんと若狭屋の新太郎さんが二人でいるところを見たんです」

「………」

お民は一瞬体を硬くしたが、驚いた様子はなかった。何を言うのかという目を向けた。責めてはいない。わずかに不安そうな気配があった。

お波津は、新太郎のことが気になって調べたこと。その結果分かったのは、新太郎が地回りの杵屋の賭場で百両の借金を拵えたこと、さらに杵屋の番頭作造と何か企んでいるらしいことだと伝えた。

「それは、本当なの」

乱れる気持ちを抑えるために、お民は口にしたと感じた。お波津はやや間を置いてから答えた。

「はい。聞き込みをしました。信じられませんか」

「いえ」

目をそらして、通り過ぎる荷船に目をやった。新太郎との間では、がっかりするような出来事が、これまでにもあったに違いない。

「いくら大店でも、若旦那の身の上では、百両なんてとても返すことができません」

「それは、そうです」

「悪いことでもしなければ無理です」

お波津はやや強い言い方になった。お民は、「悪いこと」というところで体をぎくりとさせた。思い当たることがあるのだろう。しかしすぐには何も言わず、わずかばかり考える様子を見せてから、逆に尋ねてきた。

「どうしてお波津さんは、新次郎さんのことが気になったのですか」

こう問われるのは、ここへ来ると決めたときから分かっていた。お波津としてみれば、自分の余計なことは言いたくない。けれどもここで隠し事をしたら、お民も正直なことを話さないと腹を決めた。

「お民さんと銀次郎さんには、縁談が起こっていますね」

「ええ、おとっつぁんから言われました」

お民は隠さなかった。しかし自分がどうしたいかは口にしなかった。お民は本音では新太郎と結ばれたかった。でもできないと感じている。

「銀次郎さんは、兄の銀太郎さんが亡くならなければ、私と祝言を挙げ大黒屋を支えてもらいたいと思っていました」

「そういう話は、聞いていました」

「あの人は、何でもできる人ではありません。足りないところは、いくつもありました。でも私の言うことを、受け入れてくれました」

お波津の脳裏に、これまでにあった銀次郎との様々な場面が蘇った。どれも鮮やかで、昨日の出来事のようだ。

「お波津さんは、あの人が好きだったのね」

お民は、囁くように言った。こちらの気持ちを読み取ったらしかった。

「ええ、そう。今でも情はあるけど、銀次郎さんとは添わないと決めたの」

素直な気持ちで、応じることができた。お波津は続けた。

「あの人は、最初に好きになった人です。手を握られたこともないけど、その気持ちに嘘はありません。祝言を挙げる日を、弾む気持ちで待ったこともあります。でも私は、跡取り娘でした」

「…………」

「私は銀次郎さんをあきらめました。でもあの人には、互いに思い合う気持ちで祝言を挙げてほしいと思っています」

「それで私が、新太郎さんと一緒にいるところを見て、気になったわけですね」

「はい。新太郎さんに気持ちを残して銀次郎さんと一緒になるのは、お民さんにとっても幸せではありません。銀次郎さんと祝言を挙げるならば、それだけの覚悟を持ってほしいという気持ちです」

仕方がないからといった、いい加減な気持ちならば許せない。

「そうでしょうね」

「覚悟があるならば、私は二人の祝言を喜んで祝福するつもりです」

余計なおせっかいだと鼻で笑われたら、それはそれで仕方がない。自分の勝手な願いだ。とはいえ、曲げたくない気持ちでもあった。

するとここで、お民の目に涙が浮かんだ。

三

「私も、好きな人がいましたよ。お波津さんが思っている通り、新太郎さんです。ずっと近くにいたから」

お民は言った。声に微(かす)かな震えがあったが、気持ちを奮い起こして話しているのは分かった。

お民にとって、新太郎や銀次郎は幼馴染だ。しかし歳を経れば、子どものままの関係ではなくなる。銀次郎とは疎遠になったが、新太郎とは付き合いが続いたと告げていた。

お波津には知りようのない、かけがえのない日々があったのだと思った。

お民が、話を続けた。

「私、子どもだった頃に、花火をしていて、銀次郎さんに火傷をさせてしまったんです」

「ああ」

得心がいった。銀次郎の背中の火傷の痕については、初めて目にしたときから気がかりだった。

お民が銀次郎に対して親身な看病をしたのは、その後ろめたさがあったからだと知った。

「死ぬまで消えない傷を残したわけだから、私、銀次郎さんに謝りに行ったの。謝りに行ったからって、どうなるわけでもないのは分かっていたけど」

そうしなければ、気持ちが治まらなかったと付け足した。

「うん。私だって、お民さんならばそうした」

「銀次郎さんは、自分が間抜けだったからだと言ってくれた」

「あの人は、本当にそう思っていたのかもしれない」

煽てられればその気になるが、駄目だと言われれば気持ちが萎える。ただ人のせいにはしない。その部分では、素直な人だ。

「私はそれで救われたけど、何だか辛かった」

幼いときでも、相手の気持ちが分かることがある。傷つけた相手に救われたと感じたら、確かに身に刺さるだろう。

世の中にはいろいろな人がいる。よかったとすっきりする人もいれば、お民のようにかえって胸に残る人もいる。

「塞いだ気持ちでいたとき、新太郎さんが慰めてくれた。でもそのときは、あの人に好きとか嫌いとかはなかった」

ここは、あっさりとした口ぶりだった。

「ならば、他のときに何かあったのね」

「うん。ちょっと、恥ずかしい話」

「聞かせてよ」

自分も、銀次郎に対して心が動いた頃がある。大黒屋の商い関わりで、悪党に捕らえられたことがあった。あの人は無様なほどどじだったけれど、必死で助けようとしてくれていた。

それは忘れない。ついつい高飛車に出て押さえつけるような物言いをしたが、本当に銀次郎をどうしようもない人だと思っているわけではなかった。

相手は違うが、人を好きになる気持ちというのは、一筋縄ではいかない。お民と自分には似ているところがあった。だからつい親しい気持ちになって、口にしてから馴れ馴れしい言い方だと気がついた。

けれどもお民には、気にする気配はなかった。

「私ね、店の小僧に大きな怪我をさせてしまったの。十六歳のときの、冬の初めだった」

小僧は梯子を使って屋根に上り、積もった枯葉を落としていた。お民はそれを知らず、梯子だけが残っているのを見て、片付けてしまった。もう屋根には人がいないと思ったからだ。

仕事を済ませた小僧は、梯子がないのに気がついて、屋根伝いに倉庫から降りようとした。ところが手を滑らせて地べたに落ちて、足の骨を折ってしまった。

「梯子を片付ける前に、なぜ屋根に人がいるかいないか確かめなかったのか」

と叱られた。そのとおりだと受け取って、自分を責めた。頭に浮かんだのは、銀次郎に火傷をさせた出来事だった。同じ自分の不注意だ。

「自分がほとほと嫌になって、めげていたの。そのときに、慰めてくれたのが新太郎さんだった」

お民は、嬉(うれ)しかったことを思い出す顔で言った。

「小僧だって、誰かに声をかければよかったんだ。それで済むことじゃないか」

お民のせいだけではないと言った。その言葉で救われた。自分は迂闊(うかつ)だったが、逃げ場を拵(こしら)えてもらったと後になって考えた。

その頃から新太郎は、一人でいるときに声をかけてくるようになった。二人で店から離れた場所へ行って、団子や饅頭(まんじゅう)を食べた。新太郎は優しかった。一緒にいると楽しかった。

危なっかしい部分もあったが、放っておけなかった。それが恋情だと気がついたのは、「好きだぜ」と言われたときだった。

体が、かっと熱くなった。

「でもあの人、博奕(ばくち)に手を出していたんです。そんなこと駄目だって、分かったときに言ったのですけど」

「聞かなかったのね」

「そのときは、分かったような顔をしたんだけど。でもまたやって」

「困った人」

「ええ。でも強くは言えなかった。そのときは、あの人の気持ちが私から離れかけていると分かっていたから」

どきりとするくらい、寂し気な顔になった。何を言ったものかと迷っているうちに、お民が続けた。

「賭場で借金ができて、あの人、私の処へやって来たの。そのときだけ優しくて、とっても寂し気で」

「助けてあげたのね」

「そう。他所から貰った簪を質に入れて、工面をしてあげたこともあった」

「頼まれて、断れなかったのね」

「そう。ばかみたいでしょ、私」

口元に自嘲があった。

ばかではない。正直に話してくれたと、お波津は思った。女心を弄んだのは、新太郎の方だ。

「別れなきゃって、頭では分かっているの。夫婦(めおと)になったら、苦労するのは目に見えていたから」

「踏ん切りがつかないのね」

「いや、ただ更生して、商いに精を出してほしいだけ。でも」

やや間をおいて続けた。

「気持ちのどこかでは、やり直したいって思っているかもしれない」

正直な気持ちだろう。

親しかったわけでもない自分に、よく話してくれたとお波津は感謝した。

胸の内には、それだけの混乱があるのだろう。しかしそれでは、銀次郎への一途(いちず)な気持ちとはいえない。祝言を挙げるのは、止めてほしかった。

とはいえ、お民を責め切れない気もした。

お波津も早晩、婿を取る。銀次郎への気持ちは裁ち切ったつもりだが、何も思わないわけではない。

相手の婿に対しては、失礼な話だ。

「杵屋さんからの借金のために、新太郎さんは何をするのでしょう」

「分かりません。銀次郎さんが、話をしてくれましたが」

二人で若狭屋を訪ねた顚末(てんまつ)を伝えた。

「私も、十郎兵衛さんに頭を下げることを勧めます」

「聞くと思いますか」

きつい言い方だと感じたが、口から出てしまった。

「あの人を、罪人にはしたくありません」

新太郎が話を聞くかどうかは超えていた。意志のある言葉だった。

お民とは、それで別れた。お波津の気持ちが治まったわけではないが、お民の心はお民のものだと受け入れた。

四

六助(ろくすけ)は、今日も昼九つから浅茅(あさじ)が原(はら)の農家の物置小屋に詰めていた。そこからは一丁ほどの距離に、杵屋の寮の表門が見えた。裏口へ通じる道も目に入るから、見張りには最適の場所だった。

京橋三十間堀町(さんじっけんぼりまち)の常総屋(じょうそうや)を襲った弥平次と萬蔵が逃げ込んだと踏んだ嶋津から、見張りを命じられた。未明から夜四つの鐘が鳴るまで、半日交代だった。六助は夜目が利くので、闇の見張りには適していた。

耳もよかった。足音を聞きつけることができた。

人の出入りはあった。頭巾を被った、商家の主人や職人の親方といった感じの者たちだった。ごく小さな賭場が開かれているのだと窺えた。人数は少なくても、動く金額は大きいのかもしれない。

歌左衛門や作造も、客と一緒に姿を見せた。客らしい者だけで、駕籠を使って訪れることもあった。また下男は、二日に一度は出かけた。来客の折には、仕出し屋が料理を運んできた。

しかし弥平次や萬蔵とおぼしい者が、外出する姿は見かけなかった。

二人一緒でなくとも、どちらからしい者が出てきたら後をつけるつもりだ。川を利用することも考えられたので、小舟も近くに舫っていた。

二人が必ずいると断定はできないが、萬蔵が受けた傷は深手だった。手当てのためには、まだしばらくいるだろうと考えるから、見張りについていた。作造と萬蔵は、古い知り合いだ。

「ただ傷も、完治はないにしてもそろそろ癒え始める頃だ。外へ出るかも知れねえ」

嶋津からは、気を抜かずに見張れと言われていた。

日が暮れると、寮の建物には明かりが灯る。泊りの客がいるときは、深夜まで明かりがあった。

しかし客のない夜は、下男らが寝てしまえば明かりは早々に消える。

今日は、夕方まで人の出入りがあった。数人の旦那衆が来ていた。だから日が暮れる前に、屋敷内の一室に明かりが灯った。

暮れ六つの鐘が鳴って、提灯を手にした男が出てきた。六助は当然そこへ目を向けるが、一瞥して商家の主人や番頭ふうだと分かって、目を闇に戻した。

提灯を手にして出てくるのは、狙いの者ではない。弥平次や萬蔵が出てくるとしたら、明かりはなしにするだろう。

だから闇に目を凝らした。

夜風が、音を立てて吹き抜ける。戸がかたかたと揺れた。

物置小屋の中にいても、すきま風が吹き込んできた。風は冷たくなってきたが、それは慣れていた。建物の中にいられるだけましだった。

日が落ちて半刻ほどした頃、闇の中で門扉が開かれたのに気がついた。

「おお」

六助は、出かかった声を飲み込んだ。

二つの黒い影が外に飛び出した。門扉はすぐに閉じられた。二つの影は、奥州街道の方向へ向かった。

六助は潜んでいた物置小屋から飛び出した。

街道に出た二人は、山谷堀方向へ向かった。一人は小柄な男で、左腕を首からかけた布でつっていた。

二人が入ったのは、浅草聖天町の居酒屋だった。吉原へ向かう道筋でもあるので、いくつもの飲食をさせる店が明かりを灯していた。

つけてきた六助は店の中を覗き込んだが、すぐに腰高障子は閉じられてしまった。仕方なく向かい合う店の軒下に身を寄せて、居酒屋の様子を窺うことにした。場合によっては、店に入ってもいいと考えていた。客たちの談笑する声が、通りを隔てて響いてくる。

だがそのとき、いきなり人が駆け寄ってきた。

「な、何だ」

と思ううちに肩を摑まれ、下腹に当て身を喰らわされた。歯向かう間もない。息ができなくなり、そのまま意識がなくなってしまった。

夜五つもだいぶ過ぎた頃、嶋津は八丁堀の屋敷で晩酌をしていた。大黒屋から貰った下り酒を、ちびりちびりとやっていたのである。

そこへ六助が駆け込んできた。

「やられやした」

弥平次と萬蔵らしい二人が寮を出て、浅草聖天町の居酒屋に入ったこと。そしていきなり現れた何者かに、当て身を喰らわされたこと。気づいた後で居酒屋を覗いたが、すでに二人はいなくなっていたことを伝えられた。

「つけていたことに、気づかれたな」

刺されなかっただけ幸いだと考えた。

ともあれ嶋津は、聖天町の居酒屋へ急いだ。せっかくの下り酒の酔いは、すっ飛んでしまった。

居酒屋で給仕をしていたおかみに尋ねた。

「ええ、二人連れの方が見えました」

すでに店では二十歳前後の若旦那ふうが待っていて、二人は同じ小上がりに向かい合った。そしてすぐに、二十代後半の番頭ふうが現れて三人を連れ出してしまったとか。

「では、酒は飲まなかったわけだな」

「はい。後から来た方が、追い立てるようにして外へ出ました」

後から入った番頭ふうは、六助を気絶させた者と察せられた。

「作造ではないでしょうか」

いきなり現れたから顔を見る間もなかったが、今考えるとそうではないかと六助は言った。

おかみに、後から来た男の顔や風体を聞くと、作造と重なった。さらに、萬蔵とおぼしい似顔絵を見せた。

「小柄な男は、こんな顔じゃあなかったか」

「そうです、似ています」

もう一人の若旦那ふうは、誰なのか分からない。すべて初めて来た客だと、おかみは言った。小柄な男は、手首に布を巻いていたとか。

「企(たくら)みについての打ち合わせだな」

いよいよ動くぞと、嶋津は考えた。二人が動くなら、手荒な真似もかまわずやるだろう。

「引き続き寮を見張りやしょうか」

「いや、もう戻らないだろう」

今夜のことで、こちらが見張っていることは気づかれた。ならば寮へ戻るわけがなかった。ただ勝手なことはさせられない。

あまりやる気のなかった定町廻り同心の腹が、すっかり熱くなっていた。

五

上中森村の名主常右衛門から、善太郎のもとへ文が届いた。収穫した新米について、知らせてきたのである。すぐに封を切った。

新米は年貢として、予想通りいいところを持っていかれた。しかし残りのきちんとした米や災害米は、数日のうちに送ると記されてあった。

当初の予定よりははるかに少ないが、受け入れないわけにはいかない。また一緒に送られてくる災害米については、実際の数量が記されていたので、どこへどう捌くか考えなくてはならなかった。

「そうなると、古米を移さなくてはなりませんね」

久之助(きゅうのすけ)が言った。今は店の脇にある倉庫に納めている。

新米はすぐに動くので、店の傍に置いておきたかった。災害米も品不足の折から、値を下げればそれなりに売れる。すぐに動くはずだ。

動かない古米で場所を塞(ふさ)いでしまうのは、効率が悪かった。

「早急に、古米を大横川(おおよこがわ)河岸に移すとしよう」

善太郎は頷(うなず)いた。仙台堀(せんだいぼり)を東へ行くと、木場(きば)を通り越して大横川にぶつかる。南北に延びる大横川の東河岸石島町(いしじまちょう)に倉庫を借りていた。江戸(えど)の東の外れといっていい場所だ。

久之助が探してきた。古いが、置いておくのには問題ない。遠いので使い勝手はよくないが、使用料は安かった。

大黒屋と一緒に、短期で借りた。

三千俵は納められる大きさだから、大黒屋の古米も、時機が来たらここへ移そうと角次郎とは話していた。

「今日は、一石が銀五十匁前後で売られていますね」

朝のうち各問屋を見廻(みまわ)ってきた茂助(もすけ)が報告をした。

新米は入り始めているが、量としては充分ではない。それには災害米も含まれているから、古米の価値はさらに上がった。

「どこも品薄ですから、古米はさらに値上がりしそうです」

米商いの者たちとは、そういう話をした。値上がりした古米の値は、どこで落ち着くか。大方の関心はそこにあった。

「羽前屋(うぜんや)さんには、たっぷりあるんでしょ」

「いやいや、それほどはありません」

羨(うらや)まし気に言われる。ないと言えば嘘になるから、適当にごまかした。

久之助が大黒屋へ行って、古米を移す段取りについて話をしてきた。

「明日の昼前にうちが移します。荷船の手筈(てはず)も調えてきました」

「手際のいいことだ」

「大黒屋さんも早めに移したいということで、うちの米俵を運んだ船を、そのまま使うことになりました」

明日中に、羽前屋と大黒屋の古米が、大横川河岸の倉庫に移されることになった。

お波津は、新太郎に関して分かったことを嶋津に伝えるために、南町奉行所(みなみまちぶぎょうしょ)へ足を運んだ。昨日お民と話した内容については、角次郎とお万季(まき)にはすでに耳に入れていた。

「新太郎と杵屋の作造が繋がっているのは、捨て置けないぞ」

と角次郎に言われて、お波津の口から嶋津に伝えることにしたのである。杵屋は火付の盗賊とつながっている可能性があるらしい。半刻ばかり待って、町廻りを済ませてきた嶋津と会うことができた。

お波津にとって嶋津は、物心ついたときから店にやって来て可愛がってもらったので、叔父のような存在だった。

「なるほど。それで腑に落ちることがあるぞ」

話を聞いた嶋津は言った。そして杵屋の寮を見張っていた手先が、付け火強盗の弥平次と萬蔵とおぼしい者が浅草聖天町の居酒屋へ行ったのを見たときの話をした。

「そこにいた若旦那ふうが、新太郎ではないか」

「まさか」

弥平次と萬蔵は、とんでもない極悪人だ。杵屋の作造だけでなく、そんな二人とまで新太郎がつるんでいるのかと思うと、背筋が震えた。

新太郎は、すでにとんでもなく遠いところへ行ってしまったのかもしれない。お民の寂し気な横顔が、頭に浮かんだ。

「いったい、何を企んでいるのでしょう」

「まだはっきりしないがな」

嶋津もそこは、判断がつかないでいるようだ。ただ昨夜（ゆうべ）の若旦那ふうが、新太郎かどうか確かめようということになった。

二人で向かったのは、北紺屋町（きたこんやちょう）の若狭屋だった。南町奉行所と北紺屋町は、目と鼻の先だった。

店先にいた小僧に、嶋津が問いかけた。

「昨日の夕刻から夜にかけて、若旦那は出かけていなかったか」

「へい。夕方出て、夜四つの鐘が鳴る少し前にお帰りになりました」

やや強張（こわば）った顔になって、小僧は答えた。

「酒に酔っていたか」

「さあ、そうは感じませんでしたが」

悪事をなすにあたって、何かの役目を押しつけられたら、酒を飲んでも酔った気持ちにはならないかもしれない。

嶋津と別れたお波津は、仙台堀河岸の羽前屋を訪ねた。お稲（いね）と話をしたかったからだ。

お稲と話をすると、気持ちの中にあるもやもやが晴れるような気がする。

「昨夜聖天町の居酒屋へ行っていたのならば、新太郎さんは銀次郎さんがした話を、なにも聞き入れていなかったことになります」

お波津は、銀次郎が新太郎にした提案も含めて、一連の流れを伝えた上で言った。頭を下げることはもちろん、跡目を弟に譲るなどができる者とは思えなかった。ただ嶋津の話だと、さらに悪い方向へ進んでいる。

無念の気持ちがあった。

「そうね。でも百両となると、どうにもならないんじゃないかしら」

とてつもない額なのは確かだ。だからこそ銀次郎は、父親の十郎兵衛に頭を下げるようにと話したのだ。

極めて残念な話だ。

世の中には一両のために身を亡ぼす者もいるが、新太郎はそういう立場にはいない。たかが頭を下げるだけではないかとお波津は思う。そこが歯痒かった。

「企みがうまくいったら、利息はいらないとか、借金は半額にするとか、そんな餌を目の前に垂らされたんじゃあないかしら」

「ありそうな話ね」

一度仲間に入ったら、たとえ捕らえられず逃げきれたとしても、そのままでは済まない。次の悪事に加担させられる。下手をすれば、口封じに殺されるかもしれない。お波津はそんなことさえ考えた。

「でも、何をするのかしら」

お稲も、お波津と同じ疑問を口にした。ただ事ではない予感があった。

「どこかの店を、また襲うかもしれません」

だから胸の内が、ひりひりするのだ。

「父親の十郎兵衛さんに、お民さんが直に話したらどうなるでしょう」

「新太郎さんは、腹を立てるでしょうね」

「でも、そんなことはどうでもいい。嫌われてもいいという覚悟があれば。さんざん呆れてはいても、自分の子どもであることは確かだから」

「そうね」

お稲の意見は、腹が据わっている。しかしお波津の心は揺れ動いていた。それは話を聞いた十郎兵衛が、どう動くか分からないからでもある。

「嶋津さまはどうすると」

「杵屋と新太郎さんに見張りをつけるそうです」

それが今できるすべてだと思われた。

六

翌日九つ過ぎ、大黒屋は古米を荷船を使って大横川河岸の倉庫へ移した。大きさはまちまちだが五艘の荷船を使った。

銀次郎は、一番番頭の直吉と共に米俵を積んだ船に乗り込んだ。

「背中の傷は、大丈夫ですか」

お万季やお波津は案じ顔をしたが、銀次郎は行くつもりだった。大黒屋と羽前屋にある古米は、もとを糺せば実家の打越屋の品である。大黒屋の商いの品となったときから、知らぬふりはできないと考えていた。

野分の大嵐は、江戸の米事情を攪乱した。どこの問屋も小売りも、常にない動きをしなくてはならなかった。大黒屋と羽前屋もその渦に巻き込まれているが、三千俵近い在庫の古米は今秋の店の商いを支える。

その移動については、銀次郎は在庫の確認を含めて立ち会いたかった。

重い荷は担えないが、立ち会うだけならば何の問題もない。気持ちの奥には、新米の仕入れが済むまでは、大黒屋のために精一杯尽くしたいという思いがあった。自分がここまでこられたのは、角次郎やお波津をはじめとする大黒屋という商家があったからこそだ。

石島町に着いたときには、善太郎や茂助がいて、羽前屋の米はすでに倉庫に納められていた。

江戸の外れだから、町とはいってもだいぶ鄙(ひな)びている。古びたしもた屋と倉庫、空き地が目立つ土地だった。町の東側は、十万坪と呼ばれる広大な荒地になっていた。鳥が鳴き声を上げている。

米俵を納める納屋も、空き地に挟まれていた。

その頃お民は、若狭屋へ行って新太郎を呼び出した。昨日訪ねたときは、すでに新太郎は留守だった。

手代に伝えると今日はいると告げられたが、だいぶ待たされた。

「今、忙しくてね。何か用かい」

告げられた言葉は冷ややかで、胸に刺さった。めげそうになる気持ちを、お民は立て直した。

「杵屋さんからの借金が、とんでもない額になっているんでしょ」

　お民は前置き抜きで言った。何を言っても、受け流されるだけだと分かっている。

　聞いた新太郎は、ぎくりとした顔になった。杵屋という屋号は、これまで一度も話に出ていない。それをお民が口にしたことに、驚いたらしかった。しかも高額の借金があることまで知られている。

「どうしてそんなことを、知ったんだ」

「そんなこと、どうでもいいじゃない。百両もの借金をどうするか、そちらがたいへんじゃあないの」

「ふん」

　不貞腐れた顔になった。不貞腐れた顔が、この人には似合っている。そう感じて、悲しみが湧いた。

　初めての男だし、本当に好きだった時期があった。

「それは、銀次郎から聞いたのか」

　恨みがましい目に、怒りや焦りが混じっていた。追い詰められた者の凄味があった。そこまでの目で見られたのは、初めてだった。

「そうじゃないけど、あの人も案じていると聞いた」

気持ちを強くして返した。新太郎はじっと見つめてきた。粘りつくような目だ。

そして直後に、そっぽを向いて言った。

「なるほど。ありがたいねえ」

「私もあの人も、何とかしてほしいと思っている」

嘘偽りのない気持ちだ。

「分かったよ。何とかするさ」

ここで顔を向けた。急に顔つきが変わって、言葉を続けた。

「いいか、後二、三日は、家の者に言うな。それで事を済ませられるんだ」

親に告げられることを怖れていた。

「何をするの」

「余計な口出しはするな。私の頼みを、聞いてくれればいい」

新太郎は言い残すと、逃げるように店へ入っていった。

泣きたいくらい悲しいが、その気持ちに浸っていることはできなかった。口にした「後二、三日」という言葉が、耳の奥に残っていた。

その間に、何かをするということだ。

「それをさせてはいけない」

胸の内で呟いた。

お民は若狭屋からやや離れたところに移って、店の様子を窺った。すると半刻ほどしたところで、新太郎は店から出てきた。

「やっぱり」

呟いたお民は、後をつけた。迷うことのない足どりだ。両国橋を東へ渡った。

「これは」

驚いたのは、辿り着いた場所が大黒屋の竪川河岸にある倉庫近くだったからだ。

船着場には何艘もの荷船が停まっていて、米俵が積み込まれていた。

船首は東へ向いている。売れたというよりも、どこかに移す作業をしているように見えた。

立ち止まった新太郎は、柳の木陰に身を置いてその様子を眺めた。

米俵を積み終えると、番頭と銀次郎が乗り込んで出航した。その後を、新太郎は陸路でつけて行く。

お民もそれに続いた。

荷船は竪川から、大横川に出た。南に向かって行く。見失うこともないまま、大きな倉庫前の船着場に停まった。そこには善太郎を始めとして、荷運びの人足たちも待機をしていた。

川をさらに進めば、右手に木場が見えてくるあたりである。

荷船に板が渡され、荷下ろしが始まった。新太郎は対岸へ移って、倉庫の中が見える位置に立った。

お民も対岸へ行って、物陰に潜んだ。

手早く荷下ろしが行われた。すべての米俵を納めると、ほぼ満杯と言っていい状態になった。

大黒屋だけでなく、羽前屋の古米も納められたのだと見当がついた。

最後まで様子を窺っていた新太郎だが、それでこの場から離れた。もう振り向きもしなかった。

お民は、それをつけて行く。

どこへ行くのか、確かめなくてはならない。恋情はすっかり薄れたが、悪事への加担はさせたくなかった。

なかなか足早で、お民はときおり小走りにならなくてはいけなかった。大横川に沿って進み、竪川も北へ越えた。

行き着いた場所は、北割下水も通り越した本所松倉町の空き地に囲まれた、小さなしもた屋だった。躊躇う様子もなく、木戸を開けた。

声をかけると、建物の中へ入った。

お民は、木戸門の前に立った。そしてどうしようかと迷った。庭の手入れはほとんどなされていない。枯れ枝や枯葉、枯草に覆われている。

どう見ても、怪しげな家だ。

このことを若狭屋や銀次郎に伝えようという気持ちも起こったが、伝えるにはここから遠い。戻ってくる頃には、新太郎はいなくなっているだろう。

ならば敷地の中に入って、聞き耳を立てようと腹を決めた。誰にどのような話をするのかは、確かめなくてはならない。

五十坪ほどの敷地で、建物は小さい。木戸を押し開けて、お民は敷地の中に足を踏み入れた。縁側の障子は閉められているが、話は聞けると思った。

猫の額のような庭だ。お民は慎重に足を踏み出した。

縁側まで、一間ほどのところまで近づいた。心の臓は早鐘を打っていた。今にも逃げ出したい気持ちと闘いながら、足を前に踏み出した。

そのとき、落ちていた枯れ枝を踏んでしまった。気をつけていたつもりだが、思いがけない音がして「あっ」と小さな声も上げてしまった。

どこかに身を隠さなくてはならないと慌てたが、それらしい場所はなかった。

障子が開けられて、男が三人飛び出して来た。皆、裸足のままだった。

「おまえ、どうしてここにいる」

「話を聞いたな」

中背で体のがっしりした男と、小柄な男が言った。小柄な方は、左腕に布を巻いていた。新太郎もいる。

木戸門から逃げようとすると、腕を摑まれた。容赦のない、乱暴な摑み方だった。

このときお民は、ちらと新太郎に目をやった。新太郎は、こちらに目を向けなかった。体を強張らせている。

「そうか、こいつをつけてきたわけだな」

悪相の小柄な男が、新太郎に目をやりながら言った。そして懐に右手を入れた。

匕首の柄が見えた。

恐怖が、全身を駆け抜けた。

七

大黒屋の古米が、すべて納屋に納められた。数の確認を済ませた銀次郎は、安堵の気持ちで見上げた。

一時は厄介な米として、処分に困った。しかし状況が変わって、今では利を得られる商品になった。打越屋から仕入れた品だったから、どうなることかとはらはらした。大黒屋と羽前屋に損害をかけずに済んだのが、何よりだった。

「これで新米がいつ届いても、次の動きができますね」

「まったくだ」

積み上げられた俵に手を当てながら、善太郎が直吉の言葉に頷いていた。二人はそれから、古米の販売について、打ち合わせを始めていた。

銀次郎はそれには加わらない。米俵を運んだ荷船が去ってゆくのを、目で追っていた。

「おや」

ここで銀次郎は、対岸の河岸道に新太郎の姿があるのに気がついた。足早に、小名木川方面へ歩いて行くところだった。

新太郎がここに来る理由は他に浮かばないから、荷下ろしの様子を見に来たのだと判断した。

「どうして、わざわざ」

銀次郎には、新太郎の動きが不可解だった。しかしさらに仰天することがあった。どこから現れたお民が、新太郎が行った方向へ歩いて行く。きりりとした怖いくらいの表情で、その動きが腑に落ちなかった。

お民が新太郎をつけているのは、その様子からして間違いない。そこで銀次郎は、頭に浮かんだもろもろを整理した。

荷をここへ移すことは、大黒屋と羽前屋の手代以上の者しか知らない。にもかかわらずここにいたということは、大黒屋を見張っていて、船をつけてきたとしか考えられなかった。

新太郎は、杵屋と繋がっている。何かの企みがあってのことと受け取った。となれば、このまま捨て置くわけにはいかない。お民はそれを察して、新太郎をつけてきたのに違いなかった。

「ぼやぼやしていたら、見失ってしまう」

新太郎は足早に去ってゆく。善太郎や直吉に伝えたかったが説明をしている暇はなかった。銀次郎は一人でつけた。

大横川の河岸道は静かだ。人通りは少ない。たまに界隈の老人や野菜籠を背にした農婦が通るくらいだ。

小名木川を越え、竪川も通り過ぎた。お民は足早な新太郎に、よくついていっていた。

お波津はお民に、新太郎にまつわるすべてを伝えたと銀次郎に話した。それがお民と新太郎のためになると考えたからだが、そのお波津の考えに異存はなかった。お波津から話を聞いたお民は、新太郎を案じて様子を見に行ったのだと察せられた。その後、新太郎に動きがあって、つけてここまで来たのだ。

お民の、新太郎に対する一途な気持ちが伝わってきた。

もともとお民と新太郎の仲が良かったことは、十二、三歳くらいの頃から気がついていた。別にそれを、羨ましいとは思わなかった。また今どうなっているかも、関心はなかった。

ただお波津から二人の話を聞いて、お民には新太郎への何かしらの思いがあるのだと気がついた。

お民は、銀次郎が背中を斬られた折に、親身な手当てをしてくれた。それは花火の火傷(やけど)のことがあるからだと分かった。背中に消えない傷を残したことを、ずっと気にしていたのだと初めて知った。

火傷の原因は、お民が手にしていた花火なのは間違いない。ただ自分の動きも鈍かった。

機敏な子どもだったら、ああはならなかったはずだと今でも思っている。

「お民さんが今も、あの件を心に引き摺(ず)っていたのならば、申し訳ない」

呟(つぶや)きになった。ならばお民の力になりたい。また杵屋関わりならば、極悪な二人が背後にいる以上、何があってもおかしくはなかった。

新太郎は北割下水を過ぎてすぐ、左折をした。北割下水に沿って歩いて、本所松倉町に出た。

新太郎が立ち止まったのは、敷地五十坪ほどのしもた屋の前だった。迷う様子もなく、木戸門を開けて敷地内に足を踏み入れた。そして知った家のように、戸を開けて建物の中へ入った。

お民は、木戸門の外で躊躇う様子を見せた。しかし意を決したらしく、慎重な手つきで木戸門を開けて敷地の中へ入った。庭から建物に近づいて、中の様子を探るつもりらしかった。

銀次郎ははらはらしたが、声をかけることはできない。

「おおっ」

銀次郎は覚えず声を上げた。何があったのかは分からないが、障子を開けた三人の男たちが飛び出して来たからだ。そのうちの一人は新太郎だったが、後の二人は見るからにやくざ者らしかった。

逃げようとしたお民は、腕を掴まれた。小柄な男が懐に手を入れた。匕首を抜きだそうとしている。

このままでは、お民は刺される。しかし傍にいる新太郎は助けに入らなかった。ただ茫然（ぼうぜん）として、その様子を見詰めている。

匕首が抜かれた。

銀次郎の体は、まだ乱闘に耐えられる状態にはなっていない。しかし目の前の状況を見過ごすことはできなかった。

銀次郎は、道端に落ちていた雑木を掴むと、その家に駆け寄った。開いたままになっていた木戸門内に飛び込んだ。

「おまえら、火付の盗賊だな」

叫びながら、振り上げた雑木を、お民の腕を摑んでいる男に振り下ろした。

「うるせえ」

弥平次らしい男は避(よ)けると、銀次郎の腹を蹴(け)った。あっという間のことだった。

「うっ」

呻(うめ)いて体を屈(かが)めたとき、背中に拳(こぶし)を入れられた。

「ぎゃあっ」

激痛が体を駆け抜けた。治りかけた背中の傷に一撃を受けた。立ってはいられなかった。体が地べたに崩れ落ちた。

そこで尻(しり)と腿(もも)に、続けて蹴りが入った。背中の痛みだけではない。激しい痛みが、全身を駆け巡った。

「やめてっ」

と甲高い女の声が響いた、お民の声だ。

だがかまわず弥平次は蹴り、萬蔵は手にある匕首(あいくち)の切っ先を向けていた。

「助けて、新太郎さん。銀次郎さんが、殺されてしまう」

お民は必死の声を上げたが、新太郎は動かなかった。

萬蔵が、匕首を振り上げた。

「刺される」

逃げるすべはないと、銀次郎はあきらめた。だがそのとき、何かが勢いよく飛んできて、萬蔵の手の甲に当たった。

匕首が飛んで、刺すことができなくなった。乱れた複数の足音が、近づいて来ていた。

「盗賊ども。縛につけ」

叫んでいるのは、善太郎だった。直吉や茂助、大黒屋や羽前屋の奉公人たちの顔もあった。手に手に、棍棒（こんぼう）などを握っている。

萬蔵に石礫（いしつぶて）を投げたのは、善太郎らしかった。

「引けっ」

叫んだのは、弥平次とおぼしい男だった。それで他の者たちの動きが止まった。寸刻の後には、皆が別々の方向に逃げ出した。

「ううっ」

銀次郎は、全身の痛みで呻き声を上げた。

「早く、お医者様に」

お民が叫んだ。

善太郎らは、賊を追うのをやめた。しもた屋の雨戸が外されて、銀次郎はそれに乗せられた。店の奉公人たちが担いだ。

お波津は、大黒屋で百文買いの客の相手をしていた。そこへばたばたと、足音がして人を乗せた戸板が店の中に運ばれてきた。

「わっ」

寝かされた者の顔を見て、お波津は声を上げた。銀次郎だった。引き攣った面持ちのお民も一緒だったのには、さらに仰天した。

ともあれ、奥の部屋へ寝かせた。さして間を置かず、大黒屋の小僧が、近くの医者を連れてきた。

「何があったのか」

角次郎がお民に問いかけたが、すぐには喋れない。

「銀次郎さん」

半狂乱といった様子で、名を呼ぶばかり。白湯を飲むように、お万季が勧めた。茶碗を受け取ったお民は、手が震えて、だいぶこぼした。

ともあれ気持ちを落ち着かせてから、角次郎は問いかけをした。

ったが話した。

「私は、新太郎さんに、説得をしに行ったんです」

一息ついたお民は、善太郎らに助けられるまでの一部始終を、たどたどしくはあったが話した。

「新太郎さんは、何もしなかった。銀次郎さんは、身をもって私を守ろうとしてくれました。銀次郎さんを、助けてください」

叫ぶようなお民の声が、お波津の耳に染み込んだ。

八

嶋津に命じられた手先の六助は、早朝から浅草花川戸町の杵屋を見張っていた。

町は奥州街道と隅田川に挟まれた場所で、浅草寺の五重塔や伽藍が聳えて見えた。

川風が吹き抜けて行くが、陽だまりにいると暖かい。

歌左衛門や作造に動きがあったら、つけろと命じられていた。

昼下がりの頃になって、作造が一人で外へ出た。左右に目をやってから、大川橋方面に歩き始めた。

六助は気づかれぬように、間を開けてつけて行く。店の前で町の旦那衆の一人に会って、そつのない挨拶をした。

そのまま作造は、大川橋を東へ渡った。

前回に弥平次らをつけてしくじったので、今回は注意した。作造だけでなく、周辺に不審な者がいないか気を配った。

大川橋を渡り終えると、通りの様子がだいぶ変わる。西河岸のような賑やかさはなくなり、商家も小店が並ぶばかりになって、鄙びた感じになる。道端に雑草やすきが目立ち、人通りも少なくなった。

形のよくない小菊の黄色が、かろうじて道に彩りを添えていた。

作造は、中之郷竹町の油を商う店の前で立ち止まった。間口二間の、古びた建物の店だった。道には落ち葉が積もっていて、掃除は行き届いていない。

繁盛しているとは思えなかった。

作造は、その油屋へ入った。六助はやや離れたところから、店の様子を見ていた。周囲にも目をやっている。また誰かがいきなり現れて、当て身を喰らわされてはたまらない。

けれどもその気配はなかった。のんびりした昼下がりの、町の風景だった。

店には近寄らず、しばらく様子を見ていたが、作造はなかなか姿を見せなかった。

「おかしい」

呟いた六助は、作造が入った油屋に近づいた。つけていたことに、気づかれたとは感じていない。店の中を覗いた。

「いない」

仰天が声になった。店にいた中年の女房に問いかけた。

「今ここへ、二十代後半の番頭ふうが入ったはずだがどうしたか」

「ええ、お見えになりましたよ。油を二升、買っていただきました」

徳利ごと買い、丁寧に風呂敷に包んだとか。

「通りに、出てこなかったが」

見逃してはいなかった。

「裏から出るとおっしゃって」

六助の剣幕に驚いた様子で、女房は返した。

「くそっ」

気付かれたのかと慌てた。しかしそんな気配はなかったが。

店の中を通って、裏道に出た。細い路地になっていて、そのまま隣町に出られるようになっていた。もちろん、人の姿は見かけない。

悔しいが、どうすることもできなかった。嶋津に伝えるしかなかった。

「そうか、油を買ったか」

六助から報告を受けた嶋津は、作造の動きについて考えた。求めた油は、企みに使う品だろう。

家で使うならば、堂々と近場から買い、店に届けさせればいい。

「すいません。つけていたことに、気づかれたのかもしれやせん」

六助は頭を下げたが、嶋津は首を振った。

「つけられていると思ったら、油など買わない」

「はあ」

「大事な品で、人に気づかれたくないから、徳利ごと買い風呂敷に包んだのであろう。裏から出たのは、念を入れたのだ」

六助にはねぎらいの言葉をかけ、銭を与えた。それから嶋津は、本所元町の大黒屋へ行った。

善太郎は、角次郎や茂助と共に大黒屋にいた。少し前に、銀次郎の手当てを済ませた医者は引き上げたところだった。

「せっかく治りかかった傷が、開きましたね」

腕のいい蘭方医として界隈では知られている医者だが、渋い顔で言った。

「このような無茶は、いけません」

と続けた。襲われたにしても、そういう場面に出向いたのはけしからんという顔だった。

「命に別状はないと思いますが、さらにやられていたら、どうなったか分かりませんね。いずれにしろ完治は、先延ばしになりました」

医者は付け足した。

「分かりました」

と答えるしかなかった。怪我は酷くなったが、命に別状がないのは、せめてものことだった。

銀次郎の看病は、お民がしていた。

「私に看させてください。命懸けで、救ってくれたんです」

お民は悲壮な表情で言った。

「そうね。それがいいわね」

お波津が答えた。当初、怪我の様子を見て驚き慌てた様子だったが、徐々に気持ちを落ち着けた。お波津の本心は、自分が看たいのだと、善太郎には分かる。しかしお波津は、お民の心情を受け入れて引いたのだと察した。

あの時、古米を移し終えて直吉と打ち合わせをしていたら、銀次郎がいつの間にか米俵を入れた倉庫前から姿を消しているのに、善太郎は気づいた。近くにはいなかった。

「どうした」

万全ではない体調で、勝手にどこかへ行ってしまうことは考えられなかった。河岸の道にも目をやった。そこで小名木川方面に歩いて行く後姿を見つけた。速い足取りだった。

さらに銀次郎の向かう先に、娘の姿があった。はっきりしないが、お民だと思われた。それで何かあったのだと察せられた。大横川河岸にお民がいるのは、腑に落ちない。

「つけるぞ」

善太郎は、直吉らに声をかけて走った。

おそらく銀次郎は、お民や新太郎が立ち去ってゆく姿に気がついたのだ。ここには、いるはずのない者たちである。

見過ごすことができない気持ちになったのだろう。しかし善太郎らに知らせる間はないと判断して、一人で追いかけた。

完治しない体にかまわず、お民を救おうとした。新太郎は傍にいながら、何もしなかった。

お民は銀次郎と新太郎の違いを、身をもって知ったのだ。

汐留川で銀次郎が襲われたとき、お民は銀次郎の世話をしたが、あのときは火傷をさせたという負い目があった。しかし今日は違う。義理ではなく、心底早い快癒を願って看取りをしたいと願っている。

お波津もその気持ちが分かるから、身を引いた。

打越屋と澤瀉屋へは、小僧を走らせて伝えた。そして若狭屋には、角次郎がこれまでの詳細を記した文を書いて小僧に持たせた。今のところ、まだ新太郎は大きな過ちを犯してはいない。しかしその虞があることは記した。

そこへ嶋津が姿を見せた。

「何かあったのか」

異変を感じたようだ。こちらが何かを言う前に、嶋津が訊いてきた。

「銀次郎が、襲われましてね」

今日は羽前屋と大黒屋で大横川河岸の倉庫へ古米を移したが、その後の銀次郎にまつわる出来事を善太郎は話した。

「銀次郎は無事なのか」

「はい。治りかけた傷が一部裂けましたが、命に別状はないようです」

これを聞いて、嶋津は安堵したらしかった。

「新太郎は、古米をどこに移したか確かめたわけだな」

「そうなりますね」

ここで嶋津は、手先の六助がつけた作造の油の件について話をした。それで善太郎と嶋津、角次郎とお万季、お波津で、ここまで分かったことを整理した。

「やつらは、こちらが持つ古米の場所を確かめた」

「奪おうというのでしょうか」

嶋津の言葉に、お万季が問いかけた。

「三千俵近い米を、奪うだろうか」

「いかにも、多数の人足と運ぶ手立て、隠し場所も考えなくてはならない」

小判を奪うのとはわけが違う。手間がかかりすぎると、角次郎と嶋津は言っていた。

「しかしやつらにとっては、こちらの三千俵は邪魔です。せっかく高値にして売ろうとしているところでこちらの米が市場に出たならば、企みは潰(つい)えます」

善太郎はそう口にしてから、はっと気がついた。

「油ですね。焼いてしまうつもりではないでしょうか」

「そうだな。焼け焦げるだけではない。消火の水を被(かぶ)るからな。米の価値は、一気に下がるぞ」

「では、どうしたらよいのでしょう」

角次郎の言葉に、お波津が続けた。

「見張りましょう。そして捕らえましょう」

「それはそうだが、忍び込んでくるのは、弥平次と萬蔵だぞ」

素早い身ごなしで、真夜中であろうと問題にしない。押し込みと火付には、熟達した者たちだ。嶋津の言うことは、もっともだった。

「確かに、米俵を奪うのでなければ、火をつけるだけです。やつらにはかえって容易(たやす)いかもしれません」

ならばこちらは何ができるか。案を出し合った。

九

その夜、善太郎と茂助、大黒屋の手代平太（へいた）や数人の小僧は大横川河岸の倉庫内で一夜を過ごした。善太郎は長脇差（わきざし）を、茂助らは突棒や刺股（さすまた）などを用意していた。弥平次と萬蔵が襲うのは、これまでは九つ過ぎから後一刻（いっとき）ほどで夜が明けるという刻限が多かった。しかし何も起こらなかった。

　翌朝、嶋津が倉庫へ顔を出した。

「若狭屋では、昨日の内に主人の十郎兵衛が新太郎を久離にしたそうだ」

「何をしでかすか分かりませんからね」

　嶋津の言葉に、善太郎が応じた。

「新太郎は、店には戻らなかった」

　お民を見殺しにしようとした。そうなっては、もう戻れない。十郎兵衛が新太郎を久離にしたのは、そういう事情を知ったからでもあるだろう。店を守らなくてはならない立場だ。

「十郎兵衛は、すべての店の者たちを使って新太郎の行方を捜したらしい。しかし捜せなかった」

「しょうもない倅ではあっても、これ以上の悪事をさせたくないからでしょう。縁切りをしていれば累は及ばないにしても、跡取りだった者が大きな悪事に加担をしたとなれば、店の暖簾には傷がつきますからね」

「十郎兵衛は、杵屋にも行ったそうな」

「金を返そうとしたわけですね」

新太郎を久離にすることで、店は守った。しかし不肖の倅ではあっても、罪人にはしたくなかったのだろう。その気持ちは理解できた。

「そうだ。歌左衛門は、新太郎に貸した金は新太郎から返してもらうと突っぱねたとか」

十郎兵衛は、まんじりともしない気持ちで一夜を明かしたに違いない。

「杵屋にも、見張りを置いていましたね」

「うむ。歌左衛門は外出をしなかったが、作造は夕方出た」

れいによって手先がつけたが、まかれてしまった。そして暮れ六つ過ぎには店に戻った。それ以降の外出はなかった。

弥平次と萬蔵、新太郎は、どこに潜んでいる。捜してはいたが、見つけられなかった。

「新太郎は、仲間に入ったと見るべきでしょうね」

と茂助。

「てめえから望んだかどうかは分からねえが、そう考えるのが当然だ」

これは嶋津の意見で、一同は頷いた。

昼間の襲撃はまずないと見越して、茂助や平太らを残して、善太郎は仙台堀河岸の羽前屋へ戻った。こちらが大横川河岸の倉庫を見張っていることは、気づかせたくなかった。

何事も起こらないまま、夕刻になった。嶋津が、羽前屋へ顔を出した。

「また作造が、見張りをまいて姿を消したぞ」

昨日は、暮れ六つ過ぎになって姿を見せた。

「またしばらくしてから、姿を見せるのでしょうか。それとも」

善太郎の疑問だ。

「どちらもありそうだな。ただやるならば、放火の現場を見ようとするだろう」

「弥平次や萬蔵は、大横川河岸の倉庫は下見に来ているでしょうね」

「おそらくな。こちらは見張りを立てているが、それをごまかすくらいはわけなくするだろう。農夫に化けて、前を通り過ぎればいいだけだからな」

「ならば作造は、店には戻りませんね」

「そうなるな」

「となると事が起こった場合には、仲間と疑われると考えませんか」

「それは織り込んでいるだろう。口裏を合わせられる者のところに、いたことにすればいい。やつらのすることだ」

この夜も、善太郎と茂助、平太と大黒屋の小僧、そして嶋津が交代で寝ずの番をすることにした。

倉庫の周辺には、夜更かしをする家などなかった。もちろん居酒屋などもない。日が落ちると共に寝てしまう。

河岸に並ぶ家々と道、そして川面は闇に包まれている。

刻々とときが過ぎた。九つも過ぎたあたり、善太郎は川面と河岸の道へ交互に目をやっていた。そろそろやって来てもおかしくはない。

風の吹き抜ける音がする。野良犬の遠吠えも聞こえた。そして闇の奥から、微かな艪の音を感じた。木場方面からだ。

善太郎は、闇に目を凝らした。艪の音は、やや遠いところで停まった。耳を澄ませていたから、聞こえた。

それきり何も聞こえない。風の音があるばかりだ。共に見張っている茂助は、気がついていない様子だった。

「おい」

肘で突いた。

「現れたぞ。やつらは舟から降りたようだ」

艪の音が消えたあたりを、善太郎は指さした。舟はおそらく逃走にも使うはずだった。騒ぎになったら、他はかまわずそこへ走るように命じた。

逃がさず、捕らえるつもりだ。

善太郎は、長脇差を腰に差し込む。そして生唾を呑み込んだ。まだ動く気配はない。

だがそのわずかな後、河岸道を何かの生き物が走る気配を感じた。犬や猫ではなかった。

月明かりが、黒い影を照らした。

「現れたぞ」

囁いた善太郎は、寝ていた者たちの体を揺すった。そして河岸の道に飛び出した。賊は斬り捨ててもいいとさえ思っている。

しかしそのときには、黒い二つの影は倉庫の屋根の上に登ってしまっていた。驚嘆すべき速さだ。

二人はそれぞれ腰に徳利らしいものを下げていた。

その徳利を手に取ると、油らしきものを板葺きの屋根に撒き始めた。

「やめろ。風があるぞ」

善太郎は叫んだ。しかし賊たちは、迷う様子もなく四方に撒き終えて、空になった徳利を闇に投げた。徳利がどこかで割れる音がしたときには、屋根には火がかけられていた。

ぼうと、炎が夜空に向かって上がった。

倉庫の屋根は、瞬く間に炎の海と化した。黒い二つの影は、まだ火の気のない闇の中に身を躍らせた。

「消せ。火を消せ」

直吉が叫んでいる。これは織り込んでいたことだから、建物の周辺には水を満たした大甕や四斗の酒樽を、柄杓や梯子と共に用意していた。

平太らも声を上げている。いち早く、梯子をかけて、屋根に上がった者もいる。水桶が運び上げられた。

ばしゃりと水が、屋根にかけられた。

続けて手渡しで、水が運ばれる。近所から人も出てきた。町の住人には、放火犯が出るかもしれないと、昼間の内に伝えていた。

善太郎と嶋津は、二人の賊が飛び降りたあたりに駆けた。賊は、艪の音が止まった方向に駆けている。

火事の炎があるから、逃げる二人の姿は、思いがけずはっきり見えた。嶋津が、小柄な賊の足に向けて棒切れを投げた。

足に当たって、賊は地面に転がった。

すぐに起き上がったが、その間に善太郎と嶋津は近づいていた。走りながら、善太郎は腰の長脇差（わきざし）を抜いた。

逃げるかと思われたもう一人だが、立ち止まって振り返った。長脇差を抜いて、善太郎と対峙（たいじ）した。

「弥平次だな。神妙にしろ」

「うるせえ。火消しに当たらなくていいのか。建物だけでなく、米が焼けるぞ。焦げてにおう水が、俵にかかるぞ」

対峙した賊は言った。

「卑怯者の極悪人、覚悟をしろ」

善太郎はかまわず長脇差を振り上げて、賊に躍りかかった。二人を逃がせば、必ずどこかで火付による新たな盗みをする。平気で人も殺すだろう。

消火は平太らに任せるつもりだった。

相手は前に出ながら、こちらの一撃を撥ね上げた。怖れる様子はなかった。刀身が当たって立てる金属音が消えないうちに、敵の体が善太郎の右脇にまで飛び込んできていた。乱れのない動きだ。

切っ先が、こちらの肘を目指して突き込まれた。

善太郎は横に飛んで、突き出された刀身を払った。けれども相手は、それでは引かない。

中空で回転した切っ先が、今度は喉首目指して飛んできた。

喧嘩慣れしている。攻撃の手を緩めない。動きに無駄がなかった。相手の体と刀身が、一つになっての攻めだった。

「何の」

善太郎は斜め前に踏み出しながら、迫ってきた切っ先を払った。動きを止めず、目の前を行き過ぎようとする相手の二の腕を突いた。

いけたと思ったが、切っ先は空を突いていた。目の前から、敵の体が消えていた。動きが見えなかった。

その直後、風が動いて刀身が迫ってくるのを感じた。近い。見えなくても、こちらの二の腕を狙っているのは分かった。右足を半歩引きながら、目の前に飛び出した刀身を斜めに振り払った。

躱(かわ)したつもりだったが、袖(そで)を斬られた。

払ったはずの相手の刀身が、すぐに頭をもたげた。今度は胸を突いてきた。粘りつくような、刀身の動きだ。

肩を打ちたかったが、これも凌(しの)がなくてならなかった。

なかなか攻めに入れない。休まず斜め下から、すくい上げるように切っ先が迫ってきた。

こちらの小手を打つ動きだ。勢いがついていた。

「やっ」

刀身を横に払った。敵の体が、それで前のめりになっていた。刺せると踏んで、力が入り過ぎたのか。

ついに好機がきた。

「とう」

善太郎は、相手の右腕を目指して刀身を振り下ろした。充分な間合いだった。

「うわっ」

相手が絶叫した。長脇差を握ったままの右腕が肘の下から切断されて、中空に飛んでいた。

勢いづいた体が、そのまま前のめりに倒れた。善太郎は腰の手拭いで、倒れた敵の右腕の根元を強く結んだ。止血したのである。

そう遠くないところでは、嶋津が小柄な男の匕首を落として、腕を捩じり上げたところだった。

ここで闇の中から、河岸の道へ飛び出した者がいた。必死に逃げて行く。作造だと分かった。

「逃がすものか」

足の速さには自信があった。血の付いた長脇差を握ったまま追いかけた。

すぐに追いつくことができた。振り向いた作造は匕首を向けた。しかし善太郎の一撃は、身構えたときには振り下ろされていた。

「ううっ」

作造の二の腕を深く裁ち切っていた。衿首を掴んだ。もう相手は歯向かうことができなかった。

引き摺って元の場所に戻ると、茂助が逃走用の舟の番をしていた新太郎を捕らえてきた。新太郎は引き攣った顔で、体全身を震わせていた。

「おれたちを捕らえても、米は焼け水を被っているぞ」

すでに縄はかけられていたが、小柄な賊はふてぶてしく言った。焦げた材木のにおいが、鼻を衝いてきている。

しかしこのときには、倉庫の火は直吉や大黒屋の者たち、近所の者たちの手によってほぼ消火されていた。直吉や平太が、用意していた龕灯や提灯を明かりにしていた。

「案じるな。そのようなことはないぞ」

善太郎は、声を張り上げた。

「何だと」

小柄な賊は、怒気をこめた目を善太郎に向けた。茂助が、閉じられたままになっていた倉庫の戸を開けた。

龕灯を持つ平太に、倉庫内を照らさせた。

焼けた屋根から、かけられた水が漏れている。しかし倉庫の中には、一俵の米も置かれていなかった。

「おおっ」

「付け火を察して、米俵はすべて昨夜の四つどきまでには移しておいたのだ」

「くそっ」

悔しさに体を震わせた。屋根には、日が落ちた直後に水を撒いていた。焼けたのは、一部だけだった。

「こやつらは、弥平次と萬蔵だな」

嶋津は新太郎に確認を取った。

「そ、そうです」

新太郎は頷いた。

十

大横川河岸の倉庫に納められた古米は、昨日、角次郎と善太郎の相談で、それぞれ荷船を用意して、元の倉庫へ戻していた。その間、杵屋や大横川河岸の見張りは、嶋津やその手先が行った。

これまで弥平次と萬蔵の襲撃は、夜九つ過ぎだった。日暮れてからでも、移送はできた。

その上で昨夜と今夜、待ち伏せをした。

今夜来なければ、来るまで待つつもりだった。新太郎はお民に、二、三日待てと言っていた。古米の値も上がってきていた。

襲うならば、数日の内だと見越していた。

嶋津は捕らえた弥平次と萬蔵、作造と新太郎を深川鞘番所へ移した。その段階で、杵屋歌左衛門の身柄も確保した。

問い質しは嶋津が、一人ずつ別々に行う。善太郎は、取り調べ部屋の隅に腰を下ろした。十畳ほどの広さで、周りの壁は板張り、天井に明かり取りの窓があるだけだった。今は百目蠟燭が灯されている。

室内には、微かに汗のにおいが残っていた。部屋の隅に、柄が黒ずんだ古い竹刀が一本転がっている。

新太郎は、部屋に入れる前から、恐怖で体を震わせていた。二枚目の顔が歪んでいる。しでかしたことの恐ろしさが、時がたつにつれて膨らんでいるらしかった。

「おい。しっかりしろ」

白湯（さゆ）を飲ませて、気持ちを落ち着かせてから尋問を始めた。

「き、杵屋さんの、賭場（とば）で、ろ、六十七両の金を借りたのは、確かです。か、返せない内に、利息が利息を生んで、百両近い額に、な、なってしまいました」

涙と鼻水が、歪んだ顔を濡（ぬ）らしていた。

「親に、話さなかったのか」

「そ、それは」

言葉を飲み込んだ。そういう助言を銀次郎がしたはずだが、受け入れられなかった。作造に脅されて、企（たくら）みに加わらざるを得なかった。

仲間になれば、利息分は帳消しにするとも言われた。初めは付け火の手伝いをさせられるとは思わなかった。古米がどこにあるか、お民を使って銀次郎から聞き出させた。気になって確かめに行ったら、米が運び出される場面にぶつかって後をつけた。

「ま、まさか、お民がつけていた、とは、思いもしなかった」

「お民は殺されるかもしれなかったんだぞ。なぜ助けなかった」

「そ、そんなこと」

弥平次と萬蔵には、作造以上に恐怖を感じていた。付け火をする人殺しだと分かっていたからだ。

「逃げれば殺す」

と告げられていた。

「お民がどうなっても、仕方がないと思ったわけだな」

「…………」

返事をしなかった。滂沱たる涙を流している。それが返事だと、善太郎は受け取った。

「付け火の企みには、歌左衛門も加わっていたな」

「はい。仕入れた古米を高く売るためだと話していました」

歌左衛門と作造、弥平次と萬蔵の四人が企んだと、新太郎は供述した。

新太郎の取り調べをしている間に、片手を落とされた弥平次と二の腕を斬られた作造については、手当てが行われた。いずれ重い処罰が下されるはずだが、今はそのままにしない。

続けて萬蔵と弥平次に、問い質しをした。弥平次は激痛に襲われているはずだが、嶋津はそれには斟酌しなかった。

二人は大横川河岸の現場で捕らえたから、その犯行については言い逃れができない。しかし京橋三十間堀町二丁目の小売りの米屋常総屋襲撃と火付については、初めしらを切った。

「知らねえな。浅茅が原の寮にも、行っちゃあいねえぜ」

そこで嶋津は、常総屋の小僧太吉(たきち)を呼び出した。この頃には、空も明るくなり始めていた。

「あの人です」

いかにも怖がる様子だったが、顔を見たところで、はっきりと証言した。常総屋は跡取りが店を継いで、商いを再開させていた。再開させるには、苦労があったに違いない。太吉は、萬蔵らを怖れてはいたが、憎んでもいた。

「捕らえられて、ほっとしました」

太吉はそう嶋津に言ったとか。

次に嶋津は、浅茅が原の寮の下男を手先に連れてこさせた。弥平次と萬蔵が寮に逗留(とうりゅう)していたことを証言した。

「怪我はしていたが、そんな大それたことをした後だとは思わなかった」

と言った。事件については読売が売られていたが、文字は読めないそうな。

「旦那(だんな)さんと作造さんの四人で、いろいろと話をしていました」

酒を運んだら、後は追い払われた。話の内容は知らなかった。

弥平次と萬蔵は、常総屋の襲撃を認めた。作造とは昔ながらの縁があったから、怪我をして逃げるには都合がいいと考えたとか。

ここまで明らかになると、二年前に四谷と蔵前であった押し込みについても隠さなくなった。襲ったことを白状をした。どうあがいても、死罪となるのは避けられないと悟ったのだろう。

それらの証言を得てから、作造に当たった。作造も現場で捕らえられていたから、犯行の否認はできなかった。

杵屋ではもともと古米五百俵ほどを、安値で買い叩いて手に入れていた。都合よく野分の大嵐があって、新米の入荷が遅れたり入らなくなったりするのが明らかになった。

「古米をさらに買い集めて、一儲けを企んだわけだな」

「そうです」

買い漁って、四千四百俵を集めた。

「ところが大黒屋と羽前屋が、大量の古米を抱えていることが分かりました。これが売りに出されたら、こちらの企みは潰えます」

どちらの店にも当たったが、買い取りには応じなかった。

「手荒な真似を思いついたのは、萬蔵が弥平次と共に寮へ逃げてきてからです。十両をやるから、匿ってくれと言われました」

「何をしてきたかは、分かっていたな」

「細かいことは、次の日に売り出された読売で知りました。どうせろくでもないことをして逃げて来たのだとは思っていましたが」

歌左衛門と話し、荒仕事に使えると踏んで、置いておくことにした。萬蔵の怪我は、離れた町にいる、金で動く医者を使って手当てをさせた。

最後に、歌左衛門に問い質しをした。ここまで証拠が揃っていたら、歌左衛門もしらを切ることはできなかった。

四人は鞘番所から、小伝馬町の牢屋敷へ移された。

「弥平次と萬蔵は晒し首の獄門、歌左衛門と作造は斬首となるだろう」

嶋津は言った。

「新太郎はどうなるのでしょうか」

お民と銀次郎は、悪事に加担させたくないと考えて尽力した。しかしそれは叶わなかった。

「あれは仲間とはいえ、脅されて無理やり仲間に入れさせられた。遠島あたりではないか」

嶋津の意見だった。

「そうですか」

島暮らしは厳しい。その様子は、角次郎から聞いていた。新太郎は島では生きていけないのではないかと、善太郎は考えた。

古米は、この日も値上がりをしていた。

「一石が、銀五十八匁になりました」

善太郎が羽前屋へ戻ると、久之助が知らせてきた。予想以上の値上がりだった。新米は運ばれてきているが、量は少ない。古米を売ってくれと足を運ぶ小売りは、次々にやってくるとか。

善太郎は大黒屋へ行って、角次郎と打ち合わせをした。

「打越屋からの仕入れ値は一石銀三十二匁だった。一石を四十七匁でどうか」

「はい。異存はありません」

一石について、銀十五匁の利益を出せる。それで充分だった。まず顧客に売り、余ったものは、同額で一見(いちげん)の客にも売ることにした。

古米は、大黒屋の分も羽前屋の分も、一日で売れてしまった。

「あんなに売りにくかったのが、信じられないようですね」

茂助が漏らした。

値上がりした古米は、それで一石銀五十二匁まで値が下がった。

古米を大量に買い占めていた杵屋は、主人の死罪だけでなく、店は闕所になるとの話が広がった。

「そうなったら、古米はそう遠くないところで町に出てくるな」

「ならばしばらく待とう」

売上金はご公儀のものになるにしても、現物は市場に出てくる。古米の値が、また下がった。結局、大黒屋や羽前屋が売った値に落ち着いた。

また被災した完璧でない米も、江戸へ入ってきた。それでも安ければいいという客はいた。

十一

閏八月も、とうとう末日になった。青かった柿の実が、鮮やかな色を付け始めた。

朝夕でなくとも、日陰に入ると吹く風は冷たく感じるようになった。

大黒屋と羽前屋では、新米の仕入れがすべて済んだ。充分な入荷量ではなかったが、古米で代替えすることができた。

被害の大きかった利根川沿いの村の災害米については、市価よりも高値で買い入れた。店の利益は減るが、村の手助けをしたのである。

「これでいい。店だけが儲かればいいわけではない。店と仕入れ先、卸先の三つが儲からなければ、商いとはいえない」

「そうですね」

角次郎の言葉に、善太郎は頷いた。新米の仕入れが終わると、米問屋は一息つく。今日は商いの報告もあったが、もう一つ用事があって、善太郎は大黒屋へ足を向けてきていた。

銀次郎の怪我については、お民が通ってきて世話をした。お波津は世話をしたかったはずだが、お民がいるときには手を出さなかった。

「銀次郎さんたら、本当に意気地がない。傷口の布を替えるのに痛がって」

「部屋の外にも、声が聞こえましたよ。まったく、しっかりしてほしいですね」

前に訪ねたときには、お民とお波津が話をしていた。二人は姉妹のようにも見えた。

そして今日、銀次郎が大黒屋を出て行く日となった。これで会わなくなるわけではないが、善太郎は見送りをしたいと考えていた。

「たいへんお世話になりました」

銀兵衛（ぎんべえ）夫婦とお民が迎えに来た。背中の傷は、完治していない。どうにか起き上がれるようになったところだった。

ただ銀兵衛の礼は、怪我のことだけではなかった。使い物にならなかった半端者を、一人前の商人（あきんど）にした。その感謝の気持ちもこめられていた。

お民は銀次郎の部屋へ、片付けの手伝いをしに行った。

銀兵衛はその後姿を、目を細めて見詰めた。見えなくなったところで、口を開いた。

「澤瀉屋さんと話がつきましてね。縁談が纏（まと）まりました」

ほっとした顔だった。

「それは何よりです」

角次郎とお万季は顔を見合わせ、笑顔になって返した。

商いが傾いたところで、跡取りの銀太郎を亡くした。打ち萎（しお）れたこともあったが、今は商いにも希望を持っていた。

「銀次郎は、命懸けでお民さんを守ったそうです」

「それは聞きました。お陰で、傷は長く残るそうですが」

「ええ。でもお民さんは、銀次郎と添うことを何よりの喜びとして、嫁いできてくれると聞きました」

新太郎の心のなさと銀次郎の誠実さを比べたら、もう迷うことはなくなったという話だった。

善太郎は、台所で茶菓の支度をしているお波津のところへ行って声をかけた。

「銀次郎がいなくなると、寂しくなるな」

「そうですね。ほんと」

と答えてから、やや間をおいてお波津は続けた。

「お民さんは、今は銀次郎さんのことだけを考えて祝言を挙げようとしています」

「そのようだな」

善太郎は銀兵衛から話を聞いて分かったが、お波津は、看病に来るお民の姿を見ていて感じたらしかった。

「だったら、私は嬉しいんです」

「そうか。何よりだ」

兄として、他に何か言ってやりたかったが、言葉が出なかった。

お波津が口にしたことは、本心だ。それならばそれでよいではないかと、善太郎は考えることにした。

銀次郎の荷物は、風呂敷包み一つだけだった。それをお民は胸に抱いた。

打越屋へは、舟を使って戻る。竪川の船着場まで、善太郎とお波津、角次郎とお万季が見送りに出た。

「お波津さん、本当にありがとう」

挨拶の最後に、銀次郎は声をかけた。

「こちらこそ」

お波津は返した。もう屈託はなかった。一同が舟に乗り込んだ。艪の音が響くと、舟は川面を滑り出た。

お波津は、舟が大川に出て姿が消えるまで見送った。

本書は書き下ろしです。

新・入り婿侍商い帖

古米三千俵（三）

千野隆司

令和４年　２月25日　初版発行

発行者●堀内大示

発行●株式会社KADOKAWA
〒102-8177　東京都千代田区富士見2-13-3
電話　0570-002-301（ナビダイヤル）

角川文庫 23055

印刷所●株式会社暁印刷
製本所●本間製本株式会社

表紙画●和田三造

ISBN 978-4-04-111339-4　C0193

角川文庫発刊に際して

角川源義

第二次世界大戦の敗北は、軍事力の敗北であった以上に、私たちの若い文化力の敗退であった。私たちの文化が戦争に対して如何に無力であり、単なるあだ花に過ぎなかったかを、私たちは身を以て体験し痛感した。西洋近代文化の摂取にとって、明治以後八十年の歳月は決して短かすぎたとは言えない。にもかかわらず、近代文化の伝統を確立し、自由な批判と柔軟な良識に富む文化層として自らを形成することに私たちは失敗して来た。そしてこれは、各層への文化の普及滲透を任務とする出版人の責任でもあった。

一九四五年以来、私たちは再び振出しに戻り、第一歩から踏み出すことを余儀なくされた。これは大きな不幸ではあるが、反面、これまでの混沌・未熟・歪曲の中にあった我が国の文化に秩序と確たる基礎を齎らすためには絶好の機会でもある。角川書店は、このような祖国の文化的危機にあたり、微力をも顧みず再建の礎石たるべき抱負と決意とをもって出発したが、ここに創立以来の念願を果すべく角川文庫を発刊する。これまで刊行されたあらゆる全集叢書文庫類の長所と短所とを検討し、古今東西の不朽の典籍を、良心的編集のもとに、廉価に、そして書架にふさわしい美本として、多くのひとびとに提供しようとする。しかし私たちは徒らに百科全書的な知識のジレッタントを作ることを目的とせず、あくまで祖国の文化に秩序と再建への道を示し、この文庫を角川書店の栄ある事業として、今後永久に継続発展せしめ、学芸と教養との殿堂として大成せんことを期したい。多くの読書子の愛情ある忠言と支持とによって、この希望と抱負とを完遂せしめられんことを願う。

一九四九年五月三日